和你在一起

周桐淦 著

江苏凤凰文艺出版社

图书在版编目（CIP）数据

和你在一起 / 周桐淦著. —南京：江苏凤凰文艺出版社，2023.1
　ISBN 978-7-5594-7507-7

Ⅰ.①和… Ⅱ.①周… Ⅲ.①纪实文学－中国－当代 Ⅳ.①I25

中国国家版本馆 CIP 数据核字（2023）第 018468 号

和你在一起

周桐淦　著

出 版 人	张在健
责任编辑	李　黎　李珊珊
责任印制	刘　巍
出版发行	江苏凤凰文艺出版社
	南京市中央路 165 号，邮编：210009
网　　址	http://www.jswenyi.com
印　　刷	南京新洲印刷有限公司
开　　本	718 毫米×1000 毫米　1/16
印　　张	15.75
字　　数	150 千字
版　　次	2023 年 1 月第 1 版
印　　次	2023 年 1 月第 1 次印刷
书　　号	ISBN 978-7-5594-7507-7
定　　价	49.80 元

江苏凤凰文艺版图书凡印刷、装订错误，可向出版社调换，联系电话 025-83280257

北疆热土上的思想之花

汪 政

周桐淦先生的长篇报告文学《和你在一起》即将付梓,这不仅是报告文学创作的一大收获,也是江苏援疆宣传工作中的一件大事和喜事。

这部作品的创作历时近四年。为了这部作品,周桐淦先生几次赴新疆伊宁采访,从江苏援疆各行各业的同志到当地各族干部群众,从学校医院到工厂企业,从城市到农村牧场,从援疆前线到江苏大后方,获得了大量第一手资料,并与采访对象结下了深厚的情谊。说起这几年的采访与创作,周桐淦感触良多,常常热泪盈眶,情不能已。他说这部作品是他几十年文学创作生涯中特别有意义的一部,这次创作更是他人生中最为珍贵的经历。在后来,他已经分不清是在完成一次创作,还是这就是他生活的一部分,他已经完全融入了江苏援疆群体,融入了伊宁日新月异的现代化建设,融入了北疆那片神奇的土地,融入了那片土地上热情洋溢的各族群众。是啊,当我们在作品中看到周桐淦与江苏援疆干部和少数民族同胞盘腿热炕、把酒言欢的时候,看到他常常与采访对象推心置腹、好像忘了采访主题的时候,确实深受感动。周桐淦选定"和你在一起"以表现援疆人与当地干部群众的关系,其实,又何尝不是在表达他这次采访创作的情感状态?就在他创作的时候,伊宁县纺织产业园同时挂牌伊犁(江苏)纺织服装产业园、江苏援疆(南通)产业园。"两霍两伊"一体化发展伊宁县千亿级纺织产业园也正式启动。南通援疆工作组被中共中央、国务院授予"全国脱贫攻坚先进集体"……周桐淦感慨说,他的采访创作远远跟不上江苏援疆的脚步,跟不上伊宁县的建设速度。不过,他的笔虽然赶不上,但他的眼睛一直盯着伊宁,他的心与他笔下的人物一直在一起。

这部作品表现的主体是江苏援疆,选取的是江苏省南通市近几年对口新疆伊犁哈萨克自治州伊宁县的支援工作。从题材上看,作品只落墨在援疆工作的一个点,但是,这个点却是国家援疆工作战略部署中的有机组成部分。周桐淦虽然长期耕耘在报告文学领域,但这个题材对他无疑是具有挑战性的。在写作过程中,我曾经与周桐淦先生做过多次交流,为了写好这一题材所做的准备工作，他所花的心血超乎寻常。因为这一题材太特殊了。这种特殊是由新疆的历史、新疆的地理、新疆的自然与人文、新疆的现实决定的。周桐淦试图通过这个点写出新疆的历史与现实，写出中国边地的发展，写出国家的新疆治理政策，写出新一代援疆人如何呼应国家号召，在援疆工作中提出新思路，开拓新局面，创造新成就，写出援疆人的奉献精神与家国情怀，写出在中华大家庭中，各族人民如何团结一心，铸牢中华民族共同体意识，在中国现代化建设中追求美好生活。

所以，我们看到了周桐淦数易其稿形成的现在这样的叙事结构。这个结构并不只是从艺术上考虑，而是基于南通援疆工作组对援疆工作的思考与实践，是周桐淦对南通援疆工作的认识与理解，是在了解新疆历史与现实，在领会新疆工作总目标的基础上对题材的安排与处理。它是书写者与书写对象思想的具体化，是内容的形式化。这一结构充分体现了周桐淦报告文学创作的新的境界，是他对报告文学现实精神与思想性的新的理解和创作实践。报告文学的思想性固然体现在内容的思辨上，但从文学性的角度看，更应该在形式上体现出来。这一结构是南通援疆工作思路的体现而并不是他们援疆工作的现实顺序安排。在南通援疆人看来，现代化是援疆工作的重心与目标，发展是实现现代化的唯一途径。而现代化又应该是全面的现代化，其根本是人的现代化。在现代化的过程中，我们确实面临着许多问题，甚至是巨大的困难，解决这些问题与困难的只有发展。发展不仅是推动现代化的途径，也是克服发展过程出现新问题的方法。所以，周桐淦从教育写起，再到医疗，再到社会保障与社会福利，再到产业……在这个结构中，我们不仅看到了伊宁经济与社会的全面进步，看到了弯道超车、后发优势的可持续发展，更重要的是看到了伊宁人生活与精神面貌正在发生的根本性变化。南通援疆人把伊宁人民的幸福感与获得感放在前面，周桐淦在作品中也把人放在书写的中心。在一个个鲜活的故事中，我们看到了伊宁人对知识的渴望，对生命的热爱，对幸福生活来临后的激动与喜悦。当"百名南通名师进伊宁行动"启动后，当南通的"伊宁班"和伊宁的"南通班"开班后，当伊宁县二中脱胎换骨后，当伊宁南通实验学校建成后……伊宁的教育，特别是当伊宁县二中提前实现本科达线率翻番的目标，复旦大学、南京大学、同济大学、中国科技大学、中山大学、厦门大学等国内211、985高校纷纷录取二中毕业生，尤其是回族学生喇飞虎考取北大后，这对伊宁人来说是怎样开天辟地的震动，"这不仅是伊宁二中校史上零的突破，也是伊宁县在新中国成立66年来首位被北京大学录取的学生，而且是回族家庭的孩子。这在当时的伊宁，就像卫星上天一样，家喻户晓，争相传颂"。南通援疆人看重的不仅仅是这样的成绩，而且看到了这些成绩对伊宁社会风貌的意义，看到的是人们价值取向的提升，是生活方式的改变，是对生活与未来新的希望与期待。

这就是南通援疆人的实践，是南通援疆人对伊宁现代化、对伊宁发展的深层次思考，他们其实抓住的是文化这个关键点。这个文化不是狭义的文化，而是广义的文化，他们将援疆事业放在伊宁、放在新疆文明进程中进行纵向的思考，放在新疆与当今中国、当今世界的横向比较上思考。因此，援疆不是简单的上几个项目，根本上是努力使伊宁加速现代化的步伐，赶上现代文明的发展。"和你在一起"，是南通援疆人和伊宁各族同胞在一起，是南通和伊宁在一起，更是伊宁和祖国在一起，伊宁和世界在一起。援疆就是与伊宁人一起，用现代文明的力量，改变伊宁延续千年的单一生产生活方式。当周桐淦的思路与南通援疆人的思考连通并轨之后，他看到的就不仅仅是令人自豪的经济数据、拔地而起的现代化企业、纵横交错的等级公路、设施齐全的学校医院，更有巨大的社会进步，是在古老的土地上站立起来的新伊宁人。"从农业、牧业为主，一步跨入4.0时代的工业社会，从农民牧民转为产业工人，中间跨越了农耕、手工、蒸汽、机械、电子时代数千年社会嬗变"。这样的千年之变需要全新的设计、细心的呵护与周到的安排。就以伊宁县纺织产业园来说，它不仅仅是一家现代化的企业，更是伊宁人的新世界、一个新的生活天地，从交通、住宿、生活设施，到培训、就业、生活的人性化管理，伊宁人开始了新的人生。家纺园的女工们说"没想到车间、宿舍、食堂这么干净，以前出门就是走田埂、爬山坡、赶车、牧羊、骑马，现在是上班有车接，下班有车送、车间上楼下楼有电梯，业余时间还学会了玩微信和唱卡拉OK"。她们已经"习惯了使用抽水马桶、太阳能和电热水器""已经不习惯接受山乡毡房的生活起居方式"了。这一切周桐淦都用活泼泼的生活细节做了生动的表现。文化不就是如此吗？它是人们在一定的自然环境中选择的生产与生活资料的生产方式，以及在这种生产方式中产生的与之相适应的社会制度、生活方式和精神世界。因此，当我们改变了人们的环境之后，一切便随之改变，新文化就此诞生，许多旧问题甚至社会痼疾也迎刃而解。这是南通援疆人的"长远之策"和"固本之举"，折射出宏阔的历史唯物主义视野。

所以，南通援疆是一种新尝试、新思维、新实践，它既有新时代中国特色社会主义思想的引领，又有对世界减贫经验的借鉴，也有伊宁现实与历史路径的支撑，还有对中国传统治理思想遗产的继承和创新。周桐淦真实地展示了南通援疆人援疆新思维产生、成长、成熟和在实践中落地生根、开花结实的过程。他特别提到了张謇，详细地叙述了这位中国近代现代化的先行者与南通援疆人思想上的渊源。张謇是南通人，这个从传统走出来的晚清状元做的都是四书五经里没有的事情，都是开天辟地"第一"的事业。而且，他的事业几乎无所不包，涉及政治、经济、教育、社会保障等广泛的现代社会领域，给传统中国的现代社会生活转型创立规矩，模范成型。南通援疆工作组组长张华对张謇深有研究，他不但在张謇的家乡江苏海门主持建设了张謇纪念馆，还著有专著《一个伟大的背影》，伊宁县原县委书记杨新平就是从这本书认识张华的，而几年的共事更让杨新平看到了张华身上张謇的影子，他不吝夸赞张华就是"现代的张謇"。"父教育，母实业"，张謇在南通和江苏的实践是全方位的，他的早期现代化理念、系统治理的思想，以及在社会建设中的全局性思维对南通援疆工作影响尤深。可以说，南通支援伊宁最为成功的经验就是从社会建设这一大局去设计、去谋划，任何一个领域的工作、任何一个项目的立项都非权宜之计，都目标伊宁的现代化、伊宁的发展，目标伊宁的社会建设，目标伊宁的文明提升与文化转型，努力与伊宁人民一起，开创新生活。

如果知道《和你在一起》是一部关于江苏援疆人的报告

文学，读者一定会有许多阅读期待，会想到援疆人的不易，想到他们的情怀与使命、无私与奉献、历史负载和战略追求，想到苏伊两地人民结下的情谊，会有许多动人的故事、感人的形象……确实如此，它为援疆人树立了纸上的丰碑。但是，我还是更倾向于这是一部帮助我们认识新疆的书，一部让我们理解援疆的书，一部书写边地建设的书，一部书写援疆样本的书，一部对援疆进行了深入思考的具有思想含量的作品。

（作者为中国作家协会理论批评委员会副主任、江苏省作协副主席、江苏省文艺评论家协会主席）

目　录

引　子 \ 1

第一章　　进疆第一课和援疆开场戏 \ 7

第二章　　南通的"伊宁班"和伊宁的"南通班" \ 17

第三章　　伊宁第二高级中学和伊宁南通实验学校 \ 33

第四章　　"永远的五班"和100万册爱心图书 \ 45

第五章　　"仁医"回去了"仁术"如何留下来 \ 61

第六章　　一次全民体检引出的"母女相认" \ 73

第七章　　心灵与心灵在"奋斗"中碰撞 \ 87

第八章　　麦孜然木·赛甫丁和她的姐妹 \ 103

第九章　　第一批"吃螃蟹"的企业家 \ 119

第十章　多情的土地，多情的你我 \ 149

第十一章　拥抱在山乡的"石榴籽"们 \ 177

第十二章　胡焕庸线和"一带一路"班列 \ 201

尾　声 \ 231

引子

2020年11月26日清晨,在南京飞往伊犁的航班上刚一落座,耳机里就飘来王琪《可可托海的牧羊人》的歌声,苍凉凄楚,一往情深:

> 我愿意陪你翻过雪山穿越戈壁,
> 可你不辞而别还断绝了所有的消息。
> 心上人我在可可托海等你,
> 他们说你嫁到了伊犁……

我突发奇想,到了伊犁的"养蜂女",此刻在唱什么歌呢?

仿佛是专门回答我的提问,到达伊宁的次日,就收到一个微信公众号的推送:"有个江苏人,用2200个日夜为伊犁人写了一首歌,你不听听吗?"

当然要听,歌名《和你在一起》,两小段歌词加副歌:

> 带上行李,告别故里,
> 我们穿越万里来到伊犁。
> 胡杨戈壁,大美四季,
> 每个朝夕都变成了回忆。
>
> 点点滴滴,风风雨雨,

我们亲如兄弟永不分离。
日复一日，不问归期，
每滴汗水都变成了奇迹。

美丽的草原让我遇见了你，
火一样的热情和真心真意。
美丽的草原多情的土地，
我已爱上了你，要和你在一起！

　　歌曲的旋律极富新疆风情，在民谣吉他的伴奏下，歌手略带沙哑的嗓音，抒情晓畅，一咏三叹，荡气回肠，不是刀郎，胜似刀郎。最引人兴趣的，词作者张华，身份是伊宁县委副书记、江苏省南通市援疆工作组组长。2200个日日夜夜是6年多一点的时间。内地干部援疆，一般一届3年，张华是在连续援疆6年，准备告别伊犁时，深情回顾，以歌代言，写下这段心声的。没有想到，"美丽的草原多情的土地"再次把他拽了下来，而且，留下来的这支小分队，有援疆已经3年向6年"进军"的，有已经6年向9年"进发"的，还有9年前首度援疆，这次"再度回炉"，重返伊犁草原的……

　　善良自爱、勤劳美丽的四川"养蜂女"，因为爱情，隐居伊犁；黄海之滨的援疆汉子们，那么毅然决然地抛家别雏，钟情于天山脚下，是因为什么呢？

谜点多多，疑问多多。笔者从 2019 年 6 月开始，"跟踪"了这一群情怀有点与众不同的年轻人，2020 年冬天，北国伊犁第二场大雪痛快淋漓地上下翻飞的时候，我在风雪之中又一次扎进了伊宁县城的南通援疆楼。

第一章 进疆第一课和援疆开场戏

2013年末，南通市委组织部相关负责同志找张华谈话，要这位39岁的海门市副市长，担任第8批南通市对口支援新疆伊宁县前方工作组副组长，兼任新疆伊犁哈萨克自治州伊宁县委常委、副县长。这个年龄段的干部，应该算是当今干部队伍中的"特种兵""机动队"，组织上指向哪里就要奔向哪里，随时拎包出行，张华理当无条件服从。

但是，新疆是个什么样子？他知道版图很大，在祖国的西北，画报上看过、电视中见过，其余就不太知道了。现在要去"援疆"，连旅游都没有"游"过，怎么个"援"法？这位从教师、市委办公室秘书、副主任、镇长、镇党委书记、副市长……这个年轻"老干部"犯难了。

问组织，组织上很亲切，很原则："好好干！带去南通人民的深情厚谊，多多尊重新疆各民族干部群众，努力在边疆建功立业。"

问同事，同事们很实在，很义气："依葫芦画瓢，前面的人怎么干你就怎么干！有困难，与我们联系，大家一起帮忙解决。"

有的送来温暖和安慰：3年时间，挺一挺就过来了，五年级的儿子，我们让孩子周末去陪，也听到过一些冷言冷语。

总而言之，新疆3年，多说些好话，多办些实事，多交些朋友，也借机休养生息几年。有一条信息张华将信将疑，但是很感兴趣，有人介绍，伊犁气候寒冷，一年时间有半年飘雪，而只要飘雪，当地政府就会安排援疆干部回南方休息。也就是说，援疆伊犁，可以半年工作，半年休息。每念及此，张华总要流露出几分希冀和企盼的神色，因为他在海门市常乐镇担任镇长期间，干成了两件一般镇长干不了的事情：一是作为一名科级干部的镇长，在时任镇党委书记顾玉琴的支持下，跑海门市，进南通府，最后闯进省里一系列部门，说尽千言万语，历经千辛万苦，愣是"白手起家"，建成了闻名全国的张謇纪念馆；二是在此期间，为了游说上下，他把业余时间利用起来，坐了几年冷板凳，完成了常乐镇一位杰出乡贤、也是中国近代史上一位风云人物的传记——《张謇——一个伟大的背影》，张华也开启了他的独特的张謇研究之路，3年援疆，倘若真能"半工半读"，这项工作又可以继续推进了。

带着各种憧憬，张华和全国19个省市的第8批援疆干部一道，于2013年12月11日来到了伊犁。踏上伊宁的土地，正值天寒地冻，大雪纷飞，但不见放假，各项工作倒是紧张有序地开展了起来。张华在伊宁的岗位是分管全县的教育和卫生工作，他做过教师，有很深的教育情结，他决定从教育入手，切入情况。

情况不明，调研先行。张华走进了学校，走进了课堂。在不到两个月的时间里，去了几十所学校，随堂听课100多节。回首这一段往事，他用了"震撼"两个字。

能不震撼吗？这里乡村学校的校舍设施、教学水平、教研能力，都比内地滞后一两个节拍，甚至更多。校舍年久失修，教师队伍业务薄弱，牧区毡房学校还保留有复式班的建制。张华连续遇上几位白发校长，一问年龄，都是超期服役。陪同调研的教育局长很无奈，一个劲向他解释，"让他们退休了，后面就没有人接任了！"有不少学校，课表中的音乐、体育、美术等科目，有名无实，原因是任课老师严重缺乏。

让人啼笑皆非的是，在一所村级小学，40分钟一节的语文课，老师25分钟不到就讲完了，撂下一句"下面大家自己看书"，在无比尴尬的气氛中，硬是撑到下课铃声响起。张华说，作为一名曾经的语文老师，他感到胸口堵得慌。更有甚者，一位高中的数学老师在黑板上演算习题，一步一步推算着，忽然发现推不下去了，情急之下，也顾不上后面有人听课了，赶紧把黑板上的习题擦掉，边擦边解嘲，这一题没有代表性，重来一题，重来一题……

由课堂、学校再走向社会，几组数据更加震惊了张华，伊宁县当时43万多人口，接近五分之一是文盲和半文盲，10万青壮年因为缺少文化知识和工作技能，无法找到好的工作。全县5500多名中小学教师中，相当部分很难完成基本的教育教学任务。张华在给上级相关部门的调研报告中说，教育是对未来的一种定义，一个地方教师的高度决定教育的高度，教育的高度决定学生的高度，而学生的高度决定未来的高度。如果师资问题都无法解决，那么教育成效、教学质量和人才培养就无从谈起。此次南通援疆工作组的人员组成中，安排教师名额7人，南通市教育局选派的对象都是重点中学的名师、骨干、"学科带头人"，但7人相对于伊宁县5500多人的队伍，又能起到多大的影响和作用呢？真可谓杯水车薪。地方振兴、边疆振兴是百年大计，必须以教育为本。张华的实地调研让伊宁的同事们大为触动，深感责任重大，也让南通方面既明白了援疆任务的任重道远，又找到了"千里之行，始于足下"的发力点。一场教育援疆的立体大戏，在南通和伊宁之间逐渐拉开帷幕。

张华导演的这场大戏名为"百名南通名师进伊宁行动"。

"百名南通名师进伊宁行动"的数字"百"，是相对于21人的南通援疆干部队伍中7名教师名额的配比而言的。伊宁43万人口，200多所学校，5500多名中小学教师，"7"作为分子，放到以上的哪个分母上面，都是山川小草、汪洋扁舟，微乎其微，几乎可以忽略不计。7个人只能是一个点，如果把7个人集中起来，放在一所学校，任教一个年级中的一个班级，利用集体智慧，倒是可能培育出一树盆景来的，可以打造一个像模像样的"点"，但也只能仅此而已。面上呢？就难以顾及了，而面广量大的各族孩子，以及他们身上可以预见的未来，那才是应该重视的全局，是振兴伊宁教育的大局。在南通大后方的支持下，前方工作组提出的"百名南通名师进伊宁行动"的方案很快得到了批准。这个方案的内容是，在7名援疆教师的基础上，每年再组织100名南通各市区重点学校的骨干教师，分批分期轮流援疆，确保学科全覆盖、年级全覆盖、岗位全覆盖，"数理化语外"学科有，"史政音体美"科目也有，校长、教务、后勤……各个岗位都有交流。人员组合，根据需要；时间安排，原则上一个月左右，特殊岗位可以适当延长。这样，除了7名定期在伊宁任教的援疆老师外，南通重点中小学的老师，每个月都有10名左右南通重点学校的老师，活跃在伊宁县的各个教育教学岗位上。南通援疆工作组，给这项活动取了一个非常感性又非常理性的名称：组团式柔性援疆。

"大美新疆"本来就是个诱惑力极强的广告语，民间向来流传有两句话："不到新疆不知中国之大，不到伊犁不知新疆之美。"新疆的"大"与"美"都在伊犁集中体现，现在有一个到伊犁的"美差"，对南通多半向往"诗与远方"的老师们、特别是青年教师来说，是件里外都具诱惑力的事情！

可是，柔性援疆也有刚性的内容，所谓刚性内容，就是在完成规定的课堂教学之外，必须完成"十个一"的任务：带一个徒弟、给徒弟制定一个专业成长规划、上一堂示范课、帮扶一名贫困生、结对一个少数民族家庭、做一次专题讲座、指导徒弟上一堂公开课、组织一次学科活动、参与一次送教下乡、留下一条合理化建议。

始料未及的是,"刚性内容"反倒使"柔性任务"得到了诗意的延伸。譬如,带好一个徒弟、制定一个徒弟专业成长规划,这样的师徒关系,怎会随着柔性援疆的结束而结束呢?一个月只是师徒结对的开始,是序曲,就像一部交响乐一样,序曲之后,还有呈示部、发展部,还有高潮和延伸。充满着民族亲情的师徒交响,既然有了开始,就会像伊犁河水一样,不舍昼夜,四季长流,跌宕鸣响。譬如,结对一个少数民族家庭,既然结亲了,不是亲人胜似亲人,亲戚之间的大事小事也就相互牵肠,你来我往了。再譬如,送教下乡、学科活动、示范课、专题讲座……教育之乡的连台大戏一旦在伊宁上演,如潮的掌声中会有落幕的时刻吗?

第一批"组团式柔性援疆"的海门实验学校数学老师陆菲,她在伊宁的时间是一个月,可是,一个月中有20天以上的时间没能睡好觉,为什么?除时差、气候、饮食等因素外,她还自我加压,每堂课都对校内外的老师开放,每堂课都是公开课。课后,又有一个接着一个的家长登门拜访,一拨接着一拨的老师拜师请教。回南通后,她自费采购了几千元教具和图书寄去伊宁,又发动她在海门任教班级的学生家长们奉献爱心,资助伊宁的贫困学生……这么一忙活,她躺在海门的病床上，整整输液15天才缓过气来。陆菲是张华读师范时的同班同学，张华知道老同学住院这件事，已在一年以后。他说那一刻，心中满是愧疚和温暖，也很自豪。

现代生态培育学方面有一个专有名词"滴灌"，说的是"智慧民族"犹太人无意中的一项发明。耶路撒冷是被沙漠包围的山城，犹太人在将海水一边净化、一边用管道输送到耶路撒冷的过程中，有些地方的水管发生了跑冒滴漏现象，久而久之，那些跑冒滴漏的地方，长出了绿茵茵的小草，聪明的犹太人据此发明了滴灌技术，用一个热词表述，叫作精准发力。从此，沙漠绿茵成了人间现实，滴灌技术、特别是大棚滴灌，也成了以色列人的专利发明，张华和他的团队创立的"组团式柔性援疆"和"十个一"的任务，以及他们为此所做的一系列尝试，似乎也像"滴灌"技术一样，"无心插柳柳成荫"，在不经意间发芽生根，抽枝长叶，生成了根深叶茂、蔚为壮观的伊宁教育之树。

教育界有一个说法，中国教育看江苏，江苏教育看南通。南通教育就是这样走近伊宁之后，走进了伊宁。

第二章 南通的『伊宁班』和伊宁的『南通班』

南通，是全国闻名的"教育之乡"，"伊宁班"是由24名伊宁二中高二学生组成的班级。

一直以来，作为重点高级中学的伊宁二中，高考录取率总是在20%左右徘徊，二中毕业生录取的学校，与211高校擦肩，与985高校无缘，北大、清华更是不敢觊觎，家长不满意，政府不满意，教师自己也不满意。究竟是什么原因呢？是教师教学的问题，还是学生基础的问题？2014年夏天，南通援疆工作组选择伊宁二中这只"麻雀"解剖，做出了伊宁教育史上两项破天荒的抉择。第一项，从伊宁二中当年高二年级中的维吾尔族、回族、东乡族、哈萨克族、蒙古族、汉族学生中，选择学习成绩居于不同层次的24名学生，组成"伊宁班"，整体插入海门市证大中学高二年级学习一年，生活老师、辅导员由伊宁二中选配，课程教学由证大中学的6名老师全部负责，以此考查伊宁二中高考录取率徘徊不前，究竟是教师队伍的问题还是当地生源的问题？

现职伊宁二中的党总支书记、副校长曾国勋，曾是当年海门证大班的跟班老师，他介绍，24名同学精神面貌的变化，是从到达证大中学的那天深夜开始的。因为飞机晚点，到达目的地已是9月13日凌晨两点，一开始，同学们还是"伊宁节奏"，一边闲聊，一边慢吞吞地吃饭。证大中学这边配备的班主任秦海兵，立即向大家宣布了作息时间和生活学习条例，条例中包含有每顿用餐的时间。譬如，那天深夜，大家必须迅速用餐完毕，在 2:45 准时熄灯睡觉，早晨适当推迟起床时间，上午整理内务，熟悉新的学习环境，从午饭开始，一切融入证大中学正常的作息时间。从此，24 名伊宁学生和证大学生一样，进入了同一个时间轨道，同学们珍惜这一年的学习时间，珍惜这来之不易的学习环境，从宿舍到教室都是一溜小跑，3 人以上出行，都是一列纵队。这一变化，"伊宁班"同学带回来了，伊宁二中的校园内，现在还可以见到这一景象。曾国勋那天是在伊宁二中的接待室，指着课后校园内小跑的学生，向我介绍这一段趣事的。

"伊宁班"学生学习的变化是惊人的，回族英语老师马丽新是参与跟班管理的老师之一，这么多年过去了，她说很多事情记忆犹新，同样的学生，在证大中学激发出了青春的活力，表现出了前所未有的聪慧。她以维吾尔族女生乃依曼为例，乃依曼原来的成绩在班上中等还偏下一点，150 分的英语试卷，她每次都是 100 分上下，到了证大中学以后，各科成绩都提高很快，参加高考时，150 分的英语试卷，乃依曼获得了 140 分的高分，她后来被对外经济贸易大学的语言类本科录取了。不仅仅是乃依曼，在证大中学学习了一年的 24 位高二学生，在次年的高考中，成绩全部超过了一本分数线。马丽新老师说，学生进步了，她自己在证大中学也收获多多，在勤奋、钻研、敬业、爱生等方面，她看到了身边的标杆，明确了努力的方向，她回到伊宁后运用到自己的教学实践中，马丽新老师的公开课和论文，屡屡在州、县获奖，而且都是一等奖。

当年"伊宁班"的班主任、现在的证大中学副校长秦海兵，也对乃依曼的成长留下了深刻印象。他说，乃依曼是这个班学生中被激活"自信"的典型。据介绍，这个在伊宁走读的维吾尔族女孩，原本学校、家庭两点一线，默默无闻，不显山不露水。到海门后，因为随队的维吾尔族女厨师不懂汉语，少数民族学生每天饭菜的备料采购，就由乃依曼义务担任翻译，由生活沟通到活动翻译，乃依曼的交际圈、活动圈扩大了，语言潜能、艺术潜能被发掘出来了。校内的国庆联欢会、元旦联欢会上，乃依曼的新疆舞连夺大奖，南通市、海门市的重要活动，有时也请乃依曼去友情客串。乃依曼仿佛换了一个人一样，对自己的未来充满了信心，学习成绩眼见着节节赶超，高考成绩排名全班第三。

秦海兵说，在激发学生自信方面，伊宁班的一次上海之行，也产生了特别的效果。江南四月的一个周末，学校组织新疆同学跨越长江，鸟瞰黄海，过苏通大桥，穿高速立交，来到国际大都市上海。这场命名为"梦起航·心飞扬"活动的第一站，是上海的同济大学，在这所历史悠久，世界著名的高等学府门前，一条"百年同济，同舟共济"的标语，深深打动了来自遥远边疆的各族学子。回族学生周杰返程上车前，回望校门，深深鞠了一躬，鞠躬时攥紧了拳头，许下了一个宏愿。三个月后，周杰梦想成真，如愿以偿地拿到了同济大学的录取通知书。录取到南京理工大学的刘家成同学，喜欢用诗歌表达情感，他进了大学以后，给班主任秦海兵写了一封长信，他说四月的上海之行，催生了他写给海门老师的一首长诗，诗中有这样两句：

很多人路过我的生活，
只有你们走进了我的心灵！

不仅是秦海兵老师走进了24位伊宁班同学的心灵，南通援疆工作组的同志、南通市和海门市各个相关部门的同志，都走近和走进了伊宁班"同学的心灵"。从这24位同学身上，大家看到了边疆各族孩子的潜质。张华说，从"伊宁班"的情况看，还是那些孩子，还是那些教材，甚至还是新疆的教学进度，但孩子们为什么能在证大中学脱胎换骨？其实，最大的变量有两个，一是师资，二是环境。因此，如果我们配备同样优秀的师资，营造同样优越的学习生活环境，新疆的各族孩子，完全可以和内地孩子一样，走进更好的高等学府。

这是"伊宁班"最重大、最宝贵的实验成果，它也催生了南通教育援疆2014年夏秋做出的第二项决定，支持伊宁二中从高一年级开始开办"南通班"。

"南通班"没有什么特别之处，高一入学时按成绩随机编班，同轨 20 个班级中，抽出两个班交给南通援疆的 7 位老师执教。要说"特别"，这就是特别了，7 位南通名师要在伊宁二中的苗圃中，合力培植"两树盆景"。一是想发挥示范效应，二也带点"摆擂"的架式，和二中教师执教的 18 个平行班级比试比试。二中原来的老师们也不相信这世界上还有神话，同样的材料，在我们这儿是花岗岩，到你们南通人那里难道就能变成了金镶玉？

一个月后的月考，两个南通班的月考均分比平行班级高出十多分。这个结果可以接受，因为，南通班的老师把课余时间都利用起来了，均分高点，应该！

两个月过去了，第二次月考，南通班高出平均分数 30 多分。二中原来的任课老师表面不露声色，背后难免嘀咕，没有三头六臂啊，这分数怎么高出这么多……

第三次月考，南通班的老师回避出卷、阅卷等环节，南通班均分高出 50 多分。

这样的月考比试，南通班学生的总分，最高超出过平行班级学生 80 多分，这下子二中的老师们坐不住了……此是后话，暂且按下不提，先让我们来认识两位南通班的老师。

南通班的语文老师汤振洪来伊宁时已经 57 岁了，这个年龄的主课老师，在江苏的中学，特别是城市中学，一般都是"教师爷"了，督导督导而已，就算任课，也只会象征性地教一个班级，有时还要配上一位新上岗的见习老师当"助手"。助手的任务一是当"徒弟"，二是帮助批改作业和班务管理。汤振洪来到伊宁二中，每周要执教两个班的27节语文课，还要批改120名学生的作文。汤老师每天的作息时间是上午10时到校（新疆与内地时差两小时），晚上12时才能回到驻地。与在南通比较，汤老师的教学任务翻倍了，还要拐个弯儿。汤振洪课间的最大享受，就是在校园的某个角落或走廊里散散步。有时一边散步一边思忖，忙碌也是一种充实，权当帮助父亲实现遗愿吧。一年半的时间，为边疆的教育事业做点奉献。有关方面规定，援疆干部中，技术人员（教师、医生、工程师等）每届任期一年半，党政干部每届三年。所以，汤振洪一直以倒计时的工作方式，努力完成在伊宁的每一天的任务。一次课间在校园散步时，汤老师感觉到后面有人，一转身，班上一名维吾尔族女学生站在他面前，怯生生地说："老师，听说您援疆的时间快到了，要走了？我们的高中要读3年，您走了，我们怎么办呢？"这位同学提出的问题，汤振洪真的还没有好好想过。不知不觉一年过去了，已经适应了自己教学方式、寄望于自己带领着他们冲刺高考的两个班学生，怎能在半途"容忍"自己弃阵而走呢？冥冥之中，好像是父亲在催促，他毫不迟疑地作答："你们听谁说的，怎么可能呢？我要送你们进高考考场，一直陪你们拿到大学录取通知书！"小女生蹦蹦跳跳地走了，汤振洪又一次认认真真地思念起了逝去不久的父亲。

汤振洪被选中援疆，作为伊宁二中南通班的语文老师，是在那一年的寒假之中，父亲刚刚诊断为严重心力衰竭，住院治疗。汤振洪拜访管床医生，医生说："你是语文老师，'衰竭'的意思，你懂的，就是到了尽头。所谓治疗，只能是短暂的缓解，先给老人家'缓解'一下吧，回家过个安稳的春节，说不定20天、一个月就会复发。复发，多半就意味着生命的结束，家中要做好准备。"父亲80多岁了，文化不高，但《金刚经》《心经》倒背如流，世事洞明，人情练达。汤振洪姐弟7人，上面3个姐姐，男丁中他排行老大，又是这样一个在社会上有点身份的人物，所以，父亲的晚年，什么事都依仗着汤振洪拿主意，定方针。汤振洪和父亲，真的应了民间对父子关系的一句赞语，"多年父子成兄弟"。父亲从儿子多次的欲言又止和家人的忙碌中，已经隐约知道了儿子要援疆的事情，春节期间，老人按捺不住，对汤振洪讲，我梦到"柜子"了！"柜子"在南通民间是棺材的忌语，老人家感到自己走到生命尽头了，用无比慈祥的目光看着即将远行的儿子，汤振洪含泪点头。老人家是2月17日辞世的，享年85岁。2月23日，民间习俗中的"头七"刚过，汤振洪"一五一十"地向兄弟姐妹交待好未尽事宜，登上了飞往新疆的航班。

伊宁二中已经开学了,"迟到"了的汤老师是在深夜11点抵达伊宁机场的。机场出口大厅的一幕,汤振洪至今难忘。2019年的6月10日,汤老师接受采访时说:"2月的伊宁,还是一片冬日景象,机场出口大厅,同学们迎接我的红底黄字大幅标语,在窗外白雪和室内灯光的映照下,格外耀眼,格外令人激动。还有,当时夜色朦胧,在迎接我的校长、老师和同学们的队伍后面,我分明看到父亲的面庞,看到了父亲临终前只有儿子才能读懂的眼神:去吧,振洪!边疆的孩子在等着你,等着你'传道、授业、解惑'。"

或许,这就是汤振洪敬业爱生的动力所在。或许,这也是汤老师授课别有魅力的原因所在。汤振洪的语文课不仅成了伊宁二中的招牌,也成了伊宁县、伊犁州的品牌。二中其他班级的学生,也常常到南通班"揩油"听课,有的甚至带着自己的作文,瞅准机会,私下找汤老师"开小灶"。汤老师说:"语文与其他科目不一样,不是单一学科,而是一门综合知识,必须融入生活的方方面面。"他还介绍同学们去了解在新疆历史上留下重要影响的林则徐、左宗棠;去思考流芳百世和"遗臭万年"的差异。

汤振洪老师兑现了自己的诺言,他的3年援疆任务在2019年底完成了,他说,一个人的作用终究是有限的,他在那年暑假期间将自己的藏书做了整理,选出对学生成长有用的3000册图书,捐给了伊宁二中,作为自己援疆工作的延续。

与汤振洪相比,做过南通班班主任的张静老师,则是另一种类型。张静是化学老师,2011年大学毕业,从毕业时间推算,应该是90后或准90后,因此,援疆的初衷可能是另一种动因:新疆太美丽,我想去看看。但是,等着她的岗位并不"美丽",她要担任两个南通班的化学老师,还要兼任他们的班主任。伊宁二中的班主任缺少"诗意",伊宁冬季的太阳每天9:45升起,班主任9:00要走进教室,也就是说,班主任早晨出宿舍伸手不见五指,进教室披着一身晨曦。晚上呢?晚自习下课时间是11:00,班主任还要巡查学生宿舍,回到驻地,常常是凌晨1点。张静说,这样也好,反正自己是一个人在伊宁,一人吃饱,全家不饿,没有其他事干扰,在学校待的时间长,可以多与同学们接触,多了解一些实际情况。

与同学们相处的时间多了,她还真是发现了不少一般任课老师不易发现的问题。譬如,下雪的天气,还有两位同学穿着单鞋,一了解,因为家庭贫穷,连裤子也只有两条单的。平时的伙食更不用说了,就是馕配水,馕是家中做好带来的,学校有免费开水——十五六岁的孩子正是拔节生长的时候啊!张静悄悄了解了尺码,网购了棉鞋和运动裤,配上营养品,写张纸条,悄悄送到他们的床上。再深入接触,发现两个班有不少类似的问题。有位同学还给老师写来了纸条，说有好几位同学，一学期几百元的生活费用家中拿不出，准备退学了。张静急了，因为资助了几个贫困的孩子，她的工资、积蓄已经亮起了红灯。情急生智，张静把自己遇到的困难发在了微信闺蜜圈，姐妹们个个都是女中豪杰，群聊一番之后，以不同方式，一股脑儿把两个班贫困生的问题全解决了。同学们私下里也不再称张静为张老师了，而是一口一个"静姐姐"，男生女生都这样称呼。维吾尔族女生伊尔还在作文中记述了这样一件事情。伊尔娇小内向，体质羸弱，学习也因此受到严重影响，已经几次产生过退学的念头。一次学校开大会，她顶不住骄阳下的长时间站立，晕倒了。张静和同学们迅速把伊尔送到医院，伊尔后来在作文中写道："病床上醒来之后，第一眼看到含着眼泪、一脸焦急的张老师，那慈爱的目光如同母亲一般让我永生难忘，这一幕，发生在毕业考试倒计时还有121天的日子里，也忽地激发了我再冲刺一下的信心！"伊尔像换了个人一样，对张静敞开了原本封闭的心扉，说自己很想学心理学专业，但因体质不好，一度想放弃，退学回家，现在要狠抓"牛尾巴"。张静根据伊尔的情况，鼓励她最后阶段巩固强项，恶补弱项，注意身体，全力冲刺。同时，张静根据她的成绩，为她选择了专业排名靠前的985高校华南师范大学心理学专业作为主攻方向。现在，小姑娘已经如愿以偿，成为华南师大心理学专业的学生了。

张静老师一年半援疆支教生活结束后，返程准备是自个儿悄悄进行的。因为她担任了高三南通班的班主任，暑假开始后，别的南通老师都回去度假或到期返乡了，她得留下陪学生等高考分数揭晓、再根据各人的分数和不同高校的特点，帮他们对号入座，参谋填报学校和专业。还有，这个年龄段最感伤的事情就是离别，张静一年半的援疆生活结束了，她不想惊扰她深爱着的孩子们。所以，张静的返程日期和航班，只有民航内部的购票系统"知道"。那天，伊宁飞上海的航班是清晨8:00，这个时间相当于内地的6:00，张静早早地来到机场，下车后深吸一口带露水的空气，心中不舍地念叨了一句：再见了，伊宁！当她拖着行李箱步入检票大厅时，一下子惊呆了：鲜花、奶茶、两个南通班在伊宁的同学，瞬间像小鸟一样飞到她的身边，"叽叽喳喳"地把张静团团围了起来，张静姑娘泪水夺眶而出。离别检票的时候，"静姐姐，再见！静姐姐，再见……"有节奏的告别声，引得不少乘客也跟着抹起了眼泪，张静进了安检通道就失去了再回头的勇气，但脑海中电光石火一样，冒出了一句在伊宁一年半时间的人生感悟：爱，没有终点！

　　是的，"爱，没有终点！"这句话后来成了张静援疆小结的题目，也成了张静人生新的一页的开始——在张静的坚决要求下，新学期，她接着开启了第二个为期一年半的援疆历程。

第二个一年半的援疆，张静除了担任南通班的化学老师，还兼任了另一个班级的课程。南通班的班主任不当了，可南通班"班主任"的实质性工作有时还在延续。在校的同学常常慕名来找静姐姐交心，离校了的学生也不肯离开静姐姐的朋友圈。乃皮赛小姑娘曾经是南通班的"当家花旦"，高分考进了上海交通大学医学院药学专业，寒假时间短，她没有回新疆，从上海来到了南通静姐姐家里，乃皮赛和静姐姐聊上海，聊伊宁，聊过去，聊未来。乃皮赛说，她立志学医，是因为老家挨着相邻的山村诊所，诊所里的医生做的都是善事、好事，自己从小受山村医生影响，考大学时顺理成章选了医学专业。静姐姐说，你现在不仅要想着家乡的诊所，更要珍惜脚下的平台，放眼远方，既要不忘伊宁，不忘新疆，还要盯着所学学科的国内外进展，要思考如何为全人类做好事、做善事！进了中央民族大学的赛亚热、中南大学的马小龙、中国科技大学的哈萨克族小伙德斯别尔……伊宁二中南通班走出去的少数民族的少男少女们，在寒假、暑假到南通看望静姐姐时，张静都要把大家相约在同一时间段，尽可能带他们去一江之隔的现代化都市上海看看，去六朝古都南京看看，看神州壮丽山河，看祖国科技建设。张静老师语重心长地告诉大家，静姐姐义无反顾地走进伊宁，就是希望更多南通班的学生不忘伊宁、走出伊宁。张静与我交谈时平静地说，自己也不知怎么搞的，到了伊宁之后，感到了教师工作的神圣。第二次援疆的一年半时间又要结束了,家人催她回去解决个人问题,但她还在犹豫,因为,她自己似乎感到,她的爱,已经全部献给了伊宁二中一届又一届的南通班。

第三章 伊宁第二高级中学和伊宁南通实验学校

现在该来谈谈伊宁第二高级中学（简称伊宁二中）和时任校长周云旗了，周云旗是5位2013年底南通援疆干部中作为教师的领军人物，来伊宁前在南通三中担任了多年的副校长。周云旗是应新疆相关方面的要求定向挑选的，任务和目标就是提高伊宁二中的教学质量，打造一所边疆地区百姓满意的高级中学。

伊宁二中创办于1964年，是伊宁县唯一的汉语高级中学，按理说，既是唯一，重中之重，举全县之力，哪有办不好的道理？但是，历年来，伊宁二中在伊犁地区，各项指标就是排在后面，用当地话来说是"吊车尾"，伊宁二中就是一所"吊车尾"学校。2014年之前，伊宁县有一定潜力的初中毕业生，或者转学乌鲁木齐，或者去州上高中就读，实在不行，就千方百计去驻地的新疆生产建设兵团农四师所属高中借读。如此恶性循环，好学生跑了，好教师也留不住了；想读书的学生不多了，想认真教书的老师也就"做一天和尚撞一天钟"。情况最严重的一年，居然有100多名学生退学。这100多名孩子基本都是少数民族子女，他们又回到地头山头放牛放羊去了。这样的学校，理所当然只能"吊车尾"了。

2013年底，南通援疆工作组和伊宁县委商定，本轮援疆从教育上寻求突破，双方都把目光集中到了伊宁二中这块难啃但必须要啃的硬骨头上。按惯例和实际需要，援疆干部任职的岗位一般都是副职，但是，伊宁县委和县政府向南通方面请求，给伊宁二中配备正职校长、法人代表，同时兼任伊宁县教育局副局长。

周云旗就是在这样的背景下走马上任的。

上任三个月，周云旗基本上没有什么"新官上任三把火"的举动，也很少"扯旗放炮"，他把大量的时间花在"座谈会"和交朋友上。情况摸清楚了，周云旗的就职宣言或者说三年目标横空出世，三年三大突破：

一、三年中，北大清华录取的新生要有伊宁二中的孩子；

二、伊宁二中的本科上线率要在2014年21.78％的基础上翻一番；

三、要甩掉"吊车尾"的帽子，跨入全州一流高中的前列，为伊宁由教育大县变为教育强县作出贡献。

2014年秋季，周云旗在全校3000名师生参加的开学典礼上的讲话，终于露出了这位中年汉子"风风火火闯新疆"的热血本性。事后他说，自己当时也捏了把汗，说有底，当时没有太大把握，但他的直觉感到，人杰地灵的大美伊宁，就应该做到这些。目标的制定，要定在跳一跳才能够得着的位置，而且要认真地跳、拼命地跳。

这样，就有了南通证大中学"伊宁班"、伊宁二中"南通班"的摸索和实验。

证大中学"伊宁班"一年的学习实践表明,少数民族学生和汉族学生在天赋上并没有什么差距,施以培育和耕耘,他们一样能够拔节发芽,茁壮成长。

伊宁二中"南通班"的试验,是"摸着石头过河"的成功。南通援疆老师能做到的,伊宁二中的老师们也能做到。譬如早读和晚自习"个别辅导"的问题,上下班困难的老师可以用校车接送,仍不方便的就安排校内宿舍。师资组合上也实行了大幅度的变革,班主任很辛苦,挑选年轻人担任,科任老师由班主任提名。这一招在平静的池水中搅起了波澜,优化组合中,"摆资格"的尴尬了,弄得不好就会落岗。同轨的班级,你追我赶,争先恐后。其他各班与南通班的差距,越来越小,再也不像刚开始那会儿一下子拉开80多分了。伊宁二中老师的公开课越来越多,伊宁二中在伊犁州全州高中统一试卷考试中的平均成绩,也一次比一次攀升。里程碑式的记录出现在2015年高考,回族学生喇飞虎以总分662的高分,被北京大学计算机专业录取,实现了伊宁二中北大清华零的突破。这一年,国内211、985高校中的复旦大学、南京大学、同济大学、中国科技大学、中山大学、厦门大学等名牌大学,都有了伊宁二中的应届毕业生,提前实现了伊宁二中的本科达线率翻番的目标。

特别值得一提的是,回族学生喇飞虎考取北大,不仅是伊宁二中校史上零的突破,也是伊宁县在自新中国成立66

年来首位被北京大学录取的学生，而且是回族家庭的孩子。这在当时的伊宁，简直像卫星上天一样，家喻户晓，争相传颂，送"卫星"上天的校长周云旗更是被传得神乎其神。谈起喇飞虎，周云旗免不了几分自得，但更多的是一种"已经过去了"的反思和总结。周云旗说，喇飞虎个人的勤奋和努力当然是主要因素，高考的标尺是铁面无私的，有时候，一分就能拉下一个档次。从这个意义上说，喇飞虎的662分，有各科科任老师一分一分教育的累积，有同学切磋交流的点点收获；离不开后勤服务的周到保障，还有学校领导明察秋毫的及时调整和个别教育。譬如，喇飞虎聪明、灵活，但性格内向、清高。因为不喜欢原来的语文老师，以前，语文作业从来不做，但语文考试却基本上都是班级第一。周云旗知道这个情况后，利用学生调整班级的机会，把喇飞虎换到"南通班"上。到"南通班"后，喇飞虎的语文考不到第一了。开始他还不服气，后来经过老师开导，自己认真比较，他明白了"山外有山，天外有天"的道理，明白了"长尾巴"的人是走不出多远的人生哲学。北京大学计算机专业的学生喇飞虎，后来回到伊宁二中做过一场励志演讲，介绍他进入北大以后碰到的几件难忘的事情：迎接他进校的，是北大的南通籍学生；争相加他微信好友的，又是同年进校的南通新生；第一个到宿舍看望他的，还是来自南通的北大老师。他说他的命运已经和南通紧紧连在了一起，是南通人感动了他，改变了他，成就了他。

伊宁二中的知名度和美誉度，就是这样实现180度翻转的。原来，朴实的牧民家的孩子为了转学，求二中放行，曾出现过牵着羊来开后门的传说。现在，再也没有要求退学、转学的现象，不过，还真的有家长又牵着羊来了，"拜访"周云旗校长，请求二中收下已被其他学校录取的孩子。

周云旗成了伊宁的明星，随着媒体的争相曝光，运动装、短头发、自信、潇洒、讲话铿锵、走路带风，周云旗的形象日渐为伊宁市民所熟悉。有人打趣，周云旗在伊宁街头叫出租车，的士司机是不会收费的。我问是否真的如此？周云旗笑笑，没有正面回答，说伊宁城不大，出行以自行车、步行为主。前面我们已经认识的语文老师汤振洪，倒是讲述了两件他亲历亲见的生活小事。

一次步行在街头，路过的一位维吾尔族大娘本已经走到他们前面去了，突然又回转头来迎着他们，微笑着询问："你就是二中的周校长吗？"周云旗赶紧躬身作答："是的，是的，大妈有事请讲！"大娘笑着回答，没有事，看着跟电视上差不多，就向你问声好："二中的老师辛苦了！"

还有一次，几个援疆老师相约着一道去理发，一位中年女理发师确认自己的服务对象是周云旗后，怎么也不肯收费。周云旗问为什么？理发师告诉大家，周校长是他们家的大恩人。她的儿子是二中的毕业生，儿子高二时因为打架斗殴伤人，按校纪本应除名。教导处的处理报告送到周云旗那里时，周云旗找来了这位学生，一番教育和谈心，让他写了检查，以观后效。第二年，这位学生考取了石河子大学。理发师说，儿子拿到石河子大学的录取通知书后，才将这段"丑事"告诉了妈妈。

我与周云旗校长的交往中，也曾有过一段"美丽的笑话"。最初接触的时候，印象中有人称呼过他"周三谷"或"周山国"之类谐音的名字，我也就顺着称呼他"山国校长"。后来才知道，周云旗在伊宁有个昵称——"周三国"！三国者，国学、普通话、国球也！周云旗在伊宁二中，以及后来与伊宁二中接轨的九年制伊宁南通实验学校（小学至初中），大力度推行学国学、讲普通话、打国球（乒乓球）活动，于是，周云旗就有了"周三国"的雅号。

张华解释说推行"三国"教学，是南通援疆工作组的指导性创意。证大中学的"伊宁班"和伊宁二中的"南通班"取得成功后，伊犁和南通各界都高度评价和充分认可了教育援疆的深远意义，如何让"南通班"的优秀成果发扬光大？怎样保证南通老师离开伊宁后，伊宁二中的"南通班"仍然能一茬茬地保持活力？南通援疆工作又打出了一硬一软两套组合拳。"硬"，筹建一所从小学到初中的九年一贯制实验学校，这所学校与全县唯一的汉语高中伊宁二中对接，既能示范引领全县的中小学教育，又能保证伊宁二中的优质生源。

"软"，就是"三国"教育，以这两所学校为示范基地，在全县中小学教育中推行扎实有效的"国学、普通话、国球"教育。伊宁不少山头的毡房课堂，怎么能称得上学校呢？牧民家庭孩子们集结的帐篷而已。那里的教与学，真的难度很大，一个"问"字，会读成"门"和"口"，让听课的人哭笑不得。更有甚者，有的帐篷学校，二三年级之前是不教汉语的。不是不教，是没有汉语教师，不具备教学条件。这绝对不是夸张。2019年6月10日，我在已经颇具规模的伊宁县南通实验学校采访，二年级语文老师成晓红是从南通郭里园小学前来柔性援疆的，我问她感觉如何，她说这里什么都好，有点尴尬的就是有时不知力气往哪儿使。原来，她接手的班级中，居然有好几个少数民族孩子，一年级没有接受过规范的汉语教学，如今学习起来有些吃力，成绩不太理想。成老师是2018年秋季接手这个班的，我问现在怎么样了？成晓红颇有信心地说，"孩子们的进步挺快……"当然，这还是县城的实验学校。所以，张华说，伊宁县南通实验学校，不仅要办成教学意义上的示范基地、教师进修学校，而且要在普通话教育方面力争为全疆做出示范。

伊宁县南通实验学校是南通市第八批援建项目中的"交钥匙"工程，2015年6月破土动工，2016年7月竣工验收，并于当年9月1日投入使用。学校占地面积110亩，可容纳2500名中小学生就读。截至目前为止，投资过亿，现有54

个教学班级，2400名学生，150多名教职工。师生中共有维吾尔族、哈萨克族、回族、东乡族、蒙古族、汉族等九个民族，少数民族学生比例超过了学生总数的85%。学校设施的现代化程度，可以媲美江苏任何一所中小学，因为这是一所全新的学校，学校的每一项设施都是最新最好的配置。建校两年来，学校秉承"和融"的办学理念，"请进来，走出去，吸收外来，融合多元"，在规范、科学、精细、创新等方面，取得了跨跃式的发展。中国乒协乒乓球生源基地的建立，就是学校创新发展的光彩一页。伊犁地区一年中有四个月不能进行户外运动，限于条件，又缺少足够的室内运动场地，投资不大、活动便捷的乒乓球馆，非常适合伊犁地区室内运动的开展，南通援疆工作组从援疆资金中拨出专项经费，在实验学校建起了设施齐全的乒乓球训练场馆，邀请中国乒协乒乓球运动学校和伊宁县南通实验学校，联合建立了"伊犁生源基地"。基地揭牌的那一天，乒乓球世界冠军王励勤专门到场祝贺并和学生座谈，期待这里能走出为新疆争光、为祖国争光的国球选手。

"和融"是伊宁县南通实验学校的创办理念，也是这所学校永远的主题词。时任校长顾瑞环是以建校筹备组负责人的身份成为"南实人"的，她说，"和融"理念是筹备组在南通考察调研中产生的。筹备组一口气在南通考察了30多所知名学校，大家在课堂、校园、社会，甚至在教师家中，实际感受到了"全国教育看南通"的原因，全国教育都在学南通，伊宁教育发展的方略不更是"近水楼台先得月"吗？所以，"和融"是南通教育思想和伊宁教育实际的"和"与"融"，是中华民族文化全面融合的结晶。令人欣慰的是，虽然学校开办时间不长，但在"和融"方面所取得的成绩，已为伊犁地区甚至全疆所接受。从 2018 年、2019 年、2020 年、2021 年四年的考试成绩来看，各学科、各年级、各班级成绩均呈节节攀升之势。初中全科全年级平均分数居全县第一、小学全科全年级平均分数居全县第一。语文、数学、物理、英语等强势学科位置凸显。此外，教师课件制作、说课比赛、微课、优课上传、信息教育比赛等项目都分别获得了县级、州级、区级、国家级荣誉。顾瑞环介绍，南实的"和融"是双向的，不仅仅是请进来，学校常年有十位以上南通老师在关键岗位把关，而且不断地走出去，特别是与教育之乡南通的广泛交流。顾瑞环多次带领各学科老师去南通考察学习，全校 150 多位员工，都到南通的对口岗位做过沉浸式交流，有的还在南通和江苏的教学交流竞赛中拿过大奖。东乡族青年教师马秀花任教五年级数学，她的结对师父是南通援疆老师曹彬。去年，南通市举办了一次省际小学高年级数学教学竞赛，马秀花应邀参加。小马老师参加比赛的课题是《圆的认识》，她从新疆大盘鸡的圆盘说起，过渡到果盘、托盘、转盘、圆桌、圆弧，让圆的知识从小到大、从具象到抽象，再变戏法一样，从包包内掏出一块新疆的特产馕，把话题转到圆心。一节数学课，变成了新疆的人文导游课、物产推介课。马秀花的这堂数学课，构思新颖、效果独特，理所当然地获得了比赛的一等奖。小马老师说，获奖真没有想到，她讲的都是新疆的生活，只不过用了师父曹彬的课堂设计、融汇了南通各位援疆老师的课堂语言。

第四章 『永远的五班』和100万册爱心图书

"永远的五班"是柔性援疆活动引出的一枝特别的花朵。

2017年3月12日，海门教师姜振山作为"百名南通名师进伊宁行动"的一员，来到了伊宁县南通实验学校，开始一个月的援疆生活。这一天是姜老师的生日，这一天也揭开了姜老师另一段瑰丽人生的新篇章。

姜老师说，他是第一次入疆，航班是夜里零点到达的，什么也看不清楚，天亮醒来，第一感觉就是来到了一个全新的世界，环境新鲜——窗外远眺，绵延的雪山与缭绕的白云交织一起；学校新鲜——这所全新的学校，想找一样旧物件都很困难；学生新鲜——几乎个个都是大眼睛、高鼻梁，85%以上都是少数民族学生。可是，凭着30年教师生涯的职业敏感，姜振山很快捕捉到了另一种"新鲜"，学生的书包远不像江苏学生那样鼓鼓囊囊。他后来了解到，书包里就是几门课的教科书，其余基本上什么都没有。阅读的空白，或者准确表述为课外阅读的空白，局限了边疆学生的知识视野。姜振山是初中部八年级（初二）语文老师，小学部三年级一位援疆老师介绍，他在班级活动课上做过一次互动，将长城图案投射到屏幕，提问："这是什么地方？"全班只有3个学生举手。见识见识，不读不见，就无以"知"，无以"识"。姜振山记下自己的一些所见、所思、所想，在微信朋友圈中交流。姜老师的朋友圈中有一个名为"永远的五班"

的微信群，非常活跃，姜老师的发现、姜老师的焦虑，也引发了大家对"永远的五班"微信群的关注和思考。

姜振山1988年大学毕业，第一个岗位是海门三厂中学高一（5）班语文老师，从高一到高三，青年教师和青年学生朝夕相处，情深谊长，30年过去了，五班从一个爱好读诗作文的班集体，到现在什么都在网上互动的微信群，大家不离不弃，一直围绕在姜老师身边。姜老师对边疆孩子课外阅读的关注，也牵动了分散在祖国四面八方的五班同学的心思。当年的班长，现在是天津一家公司总经理的张新中与姜老师商量，以"永远的五班"微信群的名义，收集群内同学家中用过的课外阅读书籍，寄给姜老师现在任教的班级。到2017年4月，姜振山老师结束一个月支教生活的时候，"永远的五班"发来了19包1000多册课外阅读书籍，同时，"永远的五班"还选定了11名贫困生，资助每人1000元的年度学习费用。

按理说，柔性支教一个月，捐赠课外阅读图书1000多册，资助11名贫困学生1.1万元，姜振山老师和"永远的五班"，已经留下了一段非常感人的援疆佳话，哪知，就像一段你情我愿的传奇爱恋一样，这才是个拉开帷幕的引子。

姜老师"柔性援疆"一个月回到海门后不久，他在伊宁结亲的八（9）班的加依娜同学就来信了，说送给她的十多本书都看完了，感觉自己的语言表达能力有了进步，她现在每个周末回到山村多了项任务，用普通话给周围的哈萨克族孩子朗读这些书籍。张新中也与姜老师交流，9岁的儿子捐出自己的图书后，一直关心远方的朋友读了没有，有何感受？还有，捐资的同学也在挂念，一个孩子一年1000元费用够吗？还能为他们做点什么？张新中是位很有追求的企业家，他在天津的公司名称叫"三品机电有限公司"，他解释，"三品"就是品德、品质和品位，他要求自己的员工个人品德要好一点，服务品质要优一点，公司品位要高一点。张新中知道姜老师也思念远方的学生和"亲戚"后，于2017年8月组织了一次"省亲"活动。张新中组织的这次6人赴疆"省亲"活动，有两点特别之处：一是省亲团代表着"永远的五班"的每一位群员，二是他自己自费带上了9岁的儿子。

因为是在暑假之中，"省亲团"随机走访了3位受资助学生的家。汽车离开伊宁县城后，在崎岖山路上盘旋了两个多小时才来到了哈萨克族学生阿尔新别克家，阿尔新别克一家人全都站在村口迎候。走进他家一看，这个家庭里唯一的家用电器，就是一盏孤零零的电灯。哈萨克族招待客人的上等礼节是杀鸡，但这一天，阿尔新别克家专门宰了一只羔羊，招待"永远的五班"的亲人。"省亲团"到达姜老师的"亲戚"加伊娜同学家时，她的父母到远方的草原游牧去了，她在家除了照应弟弟妹妹，还要值守家庭开的小超市、辅导邻居家的孩子学汉语拼音，加伊娜当时是位初二升初三的学生。"省亲团"来到迪力努家的时候，气氛最为热烈，迪力努的姨夫弹起心爱的冬不拉，迪力努面对"永远的五班"的亲人，激情唱起哈萨克族民歌《雄鹰》，家人和来看热闹的孩子，全都跟着冬不拉弹唱跳起了雄鹰舞。

这次"省亲"之后，有两件事值得一记，一是张新中9岁的儿子成了"永远的五班"的编外成员，他向同行的叔叔悄悄借了3000元钱，留给了姜老师原来执教的班级作为班费。他说他有3000元压岁钱，回去后再还给叔叔。另一件事是，2018年3月12日，姜振山又一次申请援疆，回到伊宁县南通实验学校，而且，这一次的时间不是"柔性援疆"那样一个月了，而是一年半，三个学期。

姜振山第二次来到伊宁的时候，3月12日晚上，校长顾瑞环亲自捧来精美的生日蛋糕，祝姜老师生日快乐，并说以后要是再在3月12日遇上姜老师，断不会像第一次那样忘了送生日蛋糕的。我问过姜振山第二次援疆的初衷，他很平静，说第一次援疆回去以后，总是难忘在伊宁遇到的这些孩子、难忘他们嗷嗷待哺的饥渴眼神，还有，"永远的五班"的殷殷嘱托。当然，姜老师重回伊宁县南通实验学校，最高兴的要数他原来执教的两个班学生了。姜振山回来上的第一堂课是柳宗元的名篇《小石潭记》，姜振山让大家反复朗读，争取能背诵。结果，那一天晚自习后，姜振山回到宿舍，刷牙、洗脸、准备休息，忽然，窗外齐齐响起了文言背诵的琅琅书声："潭中鱼可百许头，皆若空游无所依……"姜振山本想开窗让大家快回去睡觉，但此刻他已经泪眼模糊，默默接受了同学们对自己的这一份别样的深情。

"永远的五班"现在已经成为南通援疆、特别是教育援疆的重要外援。每年的上半年，新一批捐赠的图书都会抵达伊宁，下半年开学时，固定的11名贫困生的捐款会按时发放。"永远的五班"捐赠的图书上有自己的两枚赠书章："读书养智，观古知今。""读万卷书，行万里路。"伊宁县南通实验学校也为源源不断的捐赠图书搭建了最好的平台，使它们能最大程度地发挥作用。学校在每个班级都设置了可以互相交换、流通的"永远的五班"图书角。

"永远的五班"微信群原来58人；现在扩容成了85＋1。58人包含这个班级组成时的学生52人、科任教师6人。现在的"85＋1"说起来有点复杂，那个年代的高考到高三冲刺时才分文科、理科，高一时的5班，到高三时，考文科的留下来了，考理科的则划到其他班去了，其他班也有部分文科生插进了5班，而张新中最初建微信群时，组成人员仍是高一时5班的原始名册。"永远的五班"参与到南通援疆、并在国内大小媒体上都有了声响之后，被排除在外的、高三时插进来的5班毕业生有"意见"了，他们说自己也曾经是"名正言顺"的5班毕业生，也要为南通教育援疆添砖加瓦，献上一份爱心！这样，"永远的五班"扩容了，由58变成了85。

那么，"+1"是怎么回事呢？说起来又是一个可以独立成篇的故事，放到后面再说吧。因为，这个群，应该囊括进去、必须囊括进去的成员还有几位，张华和徐新就是不可不说的两位，他们是这首"连心诗"的发现者，也可以算是推向社会的特别策划和责任编辑。张华在走村进校、听课调研的时候，就发现了边疆地区的孩子与南通孩子阅读，尤其是课外阅读方面的显著差距。他在主持制定南通教育援疆计划的时候，多次引用教育家朱永新的这句名言，"一个人的阅读史，就是一个人的精神发育史"，用以说明阅读对于成长的重要。张华叮嘱同为援疆干部的伊宁县委宣传部副部长徐新把朱永新教授的这个理念写到有关纪要中去，要广为宣传，让伊宁和南通都对这一问题有较为深刻的认识。张华和徐新还酝酿着一个前后方互动的课外阅读计划，准备伺机推出。

徐新是那种"校长兼校工，上课带打钟"的复合型宣传干部，在家乡海门市委宣传部任职的时候，就是有名的多面手，通讯报道、理论宣传、活动策划，以及文学创作，都有可圈可点的成绩。姜振山和"永远的五班"的出现，犹如沙漠中发现了一汪清泉，徐新及时将他们的故事在新疆以及援疆类的报刊媒体上报道了出来。近三年来，"永远的五班"

每年两次的捐赠活动，徐新都第一时间在新华社、新华网、中新网、新疆和江苏的媒体上做了翔实的报道。徐新的工作笔记中记载，2017年6月22日上午，张华把徐新叫到自己的办公室，说有了"永远的五班"星星之火的点亮，原先策划的大型公益活动"让阅读照亮边疆孩子的未来"可以启动了。活动方案几易其稿，计划在半年时间内，向南通市所辖各市（县、区）中小学征集百万册图书，定向捐赠给伊宁县的中小学，让伊宁的每一所学校都有与之相匹配的图书馆，每一个班级的教室后面，都有了自己的图书角。

张华与徐新分析，100万册图书的征集，面广量大，不是件容易的事情，先找一个区或市试点吧，取得经验，再一气呵成全面推广。张华、徐新都来自海门，试点选择了海门市的120多所学校。徐新清楚地记得，他是6月23日踏上归程的，离开伊宁之前，先将《倡议书》的电子文本发回海门的报纸、电台、电视台广泛宣传；回到海门后再在教育局的支持下，选择重点学校现场宣讲动员；再选定适合的时间在120多所学校间巡回收集图书；图书收集后简单分类打包；然后联系了一辆18米的加长重型卡车，从海门直奔伊宁，日夜兼程，共经过15个难忘的日子，20万册图书安全抵达目的地。15天的酸甜苦辣，徐新择要写在《20万册图书背后的故事》一文中，5000多字，十分感人，不能全部与大家分享了，选取其中一个细节介绍一下吧。

经过10来天的努力，20万册图书的报表全部上来了，如何把书集中到一起呢？徐新想起了做图书生意的朋友邱红杰。邱总二话不说，立刻约见。两个人把一道道环节、一个个可能的困难认真排定之后，开始逐一落实。哪知，第一个环节就卡壳了，物流公司一是提出路程远、成本高；二是认为120多所学校，点散、路堵，卡车无法完成城区内学校的图书收集。还有，6月下旬的海门，正是"黄梅时节家家雨"的天气，他们缺少相关的防雨措施。两个人又想起了海门的另一位企业家徐巍，他的旗下有营运的面包车。二人又请求他能以优惠的价格解决燃眉之急。徐总听说了事情的原委后，连说可以、可以，但一谈起价格，立马说不行、不行——海门连中小学生都知道向新疆伊宁献爱心，自己怎能收费呢？于是，15辆面包车加上搬运人员，在一天之内将20万册图书全部收集到指定地点，分类、打包、装车，连夜送上长途奔赴伊宁的5000公里征程。

随后，南通市下辖的启东市、如皋市、海安市、如东县、通州区、港闸区和南通经济开发区立即响应，全面参与。当100万册图书全部抵达伊宁的时候，新华社专门为此发了一条消息——《南通百万册公益图书"照亮"边疆孩子未来》。100万册图书的征集是项浩大的工程，牵动的学生、牵扯的家庭，更是无法统计。当然，100万册图书背后发生的故事，更无法枚举，我们只能沙滩拾贝，挂一漏万地捡上几枚。

两地共读一本书

　　100万册图书中，半数以上是新购的，还有部分是南通学生读过的书籍，或自家的藏书。对于学生个人捐赠的书籍，组织方要求写上捐赠者的姓名、学校、班级，以及自己的邮箱、QQ号、微信号等联系方式，鼓励双方交流读书心得。"两地共读一本书"就是系列活动之一，书的原主人可以用简洁的语言，将自己读这本书的感言写在书的扉页上，伊宁的同学读到留言以后，可以写下自己的感想，按联系地址进行交流。一本《动物故事》，将伊宁县玉其温乡中心小学维吾尔族学生木合买提·木沙江和南通市天元小学的陈思恬小朋友连到了一起。陈思恬在捐出《动物故事》的时候，认真写下了自己的读后感："困难是成长的一种动力。人有时要向动物学习，在困难面前，要学会面对，学会改变，学会成长。愿你和你们平安快乐地成长！"木合买提拿到这本书时，被这段朴实真诚的爱心寄语感动了，2017年12月15日，星期天，他做完作业，给陈思恬小朋友写信："……还记得你的《动物故事》吗？你在书上写的那段话让我很感动，我就决心做一个有志气的男孩，学会接受、学会面对、学会改变、学会成长……"接下来双方信来物往，交流的内容早已超出一本书、两本书读后感的范畴。

手拉手书信交友

　　书籍照亮了边疆孩子的心灵，百万册图书也架起了伊宁和南通孩子的友谊桥梁。根据赠书中留下的地址，愉群翁回族乡中学八年级4班热依赛同学寄出了自己的人生"第一信"，对方是南通市如东县新店镇初级中学九年级学生何昱娄。热依赛在信中自我介绍，"我是一名回族女孩，喜欢唱歌、画画、下五子棋、玩游戏。我比较内向，不喜欢和陌生人说话，害怕尴尬。这是我第一次给陌生人写信，但感觉很好。我比较乐观，很想讲笑话逗你，也许会让你哭笑不得。我有个妹妹，她在上小学四年级，很会搞笑。我们家就一台电视机，她经常和我抢遥控器，有一次，她对我说，'如果有一天你死了，这只遥控器就归我了！'说完哈哈大笑，我却怎么也笑不起来……"何昱娄回信说，"远方的朋友热依赛，收到你的来信，是我这几年最高兴的事儿了！我的家乡如东是黄海边上的冲积平原，闻名中外的鱼米之乡，人称'天下第一鲜'的文蛤，就出自我们这里，我们这儿海鲜丰富，有带鱼、黄鱼、鲳鱼……有泥螺、梭子蟹、高子虾、虾蛏……采集文蛤在我们这儿叫海上迪斯科，人们像跳舞一样，用双脚踩出海滩沙泥中的文蛤。据说，再内向的人跳海上迪斯科都会朗声大笑。热依赛，我和我的同学期待你的到来！"都说人的性格、命运、志向的改变，有时候就在因缘际会之中，让我们祝愿这样的交流有助于两地少年人生之梦的升华。

如诗如歌的《倡议书》

百万册图书的顺利征集，得益于多个环节的密切配合，如果给各个环节评分，《倡议书》发挥的宣传鼓动作用远在平均分之上，语言朴实，却似水似火，于平淡之中传递出浓烈的爱的情怀。摘几句供大家欣赏欣赏："当我们南通的孩子手捧一本喜爱的书，尽享书中精彩时，可曾想过在遥远的西北边陲，也有着一颗颗对知识无比渴求的心？""书籍是人类进步的阶梯，阅读是人生最美的姿态。""送出一本好书，传递一份真爱，打开一扇亮窗，成就一个梦想。""一本图书不算少，十册图书不为多。捐出手中图书，留下人间余香！"《倡议书》是身兼伊宁县委宣传部副部长和海门市委宣传部副部长的徐新执笔的，当笔者向徐新表露出对《倡议书》的赞许之意时，徐新坦诚地笑了，说只是抒发了几句援疆干部的特殊情怀，因为是亲力亲为，徐新说他在《20万册图书背后的故事》里，还引用了自己当时的一首小诗《让我们在一起》：

那一双双渴望的眼睛/期待着/心手相牵/哪怕点滴/都是那滚烫的情谊/只要心中有爱/就会跨越万里/一份希冀/照亮的是孩子们未来的奇迹……

徐新读着读着，眼睛红了。他再次强调，因为亲历，所以难忘！

"因为亲历，所以难忘。"围绕百万册图书援疆开展的活动很多很多："读爱心图书，让梦想启航""两地同读一本书征文大赛""手牵手，一家亲夏令营"等等。每项活动的展开，他们都写下一串令人难忘的故事，也使这项大型活动的效果，持续不断地向深处、向广处、向实处发展。在谈到援疆要干大事、干实事、干长远的事情时，张华聊到了伊犁历史上林则徐义修皇渠的故事。清代乾隆年间，西北边疆几次动乱平息了之后，出现了少有的安宁，清政府实行大力度的"屯垦戍边"政策，拨出重金，修建了横贯伊犁垦区的大型灌溉渠道——皇渠。但后来战乱频繁，皇渠年久失修，到林则徐贬谪伊犁的1842年，皇渠几乎已淤塞成废渠。林则徐长途踏勘，不惜捐出自己一年的薪俸，带领伊犁人民重新疏浚了皇渠，直至今日，皇渠作为一条重要的渠灌，依然滋润着百万亩良田。张华说，创办从小学到初中的九年制伊宁县南通实验学校，对接伊宁二中，包括正在筹划中的学前教育机构，多少受到了老祖宗的"渠灌"的启发。学前——小学——初中——高中，不正是学校教育中的一种"渠灌"吗？如此说来，当初证大中学的"伊宁班"和伊宁二中"南通班"的试验，如果是一种现代教育中成功的"滴灌"，那么，100万册图书构筑起来的大型工程"让阅读照亮边疆孩子的未来"，则是规模壮观、气势宏伟的现代文化"喷灌"了。

知识化雨，润物无声。100万册图书将要润泽几百万、几千万孩子，将要绵延覆盖几年、几十年啊！

第五章 『仁医』回去了 『仁术』如何留下来

和教育援疆一样，医疗援疆也是南通援疆前方工作组的主要发力点。时任南通援疆医疗队领队、伊宁县卫健委副主任、县人民医院副院长张振宇介绍，近10年来，南通医疗援疆资金投入超过1.6亿元，建成了总面积3.8万平方米的标准化县级人民医院，该院设施全疆最佳，全国评审也排列在第一方阵，全县的乡镇卫生院和村级医务室，都按要求进行了达标改造。

硬件配备符合了要求，但软件建设出现的"短板"，引起了南通援疆工作组的深思。

10年援疆，南通市共派出4批专家级医生44人。南通市中医院心胸外科副主任、主任医师秦旭东援疆一年半期间，以热情的工作态度和高超的医疗技术，在伊宁完成了数十台胸外科手术，秦旭东在伊宁还帮助申请了300多万元援疆资金，为伊宁中医院添置了先进的外科手术设备。可是，秦旭东医生援疆结束回南通后，设备就闲置了，有些需要手术的病人还跟踪到南通寻求治疗。秦医生一如既往，对伊宁来南通的病人热情有加，有不方便的还包接包送，术后回到伊宁，通过微信、电话继续联系和监控恢复情况。

如何让秦旭东这样的名医离开以后，手术能够照常进行？如何让秦旭东们引进的先进设备继续发挥作用呢？南通援疆工作组在考虑这个问题，援疆医疗队的专家们也在考虑这个问题。

秦旭东医生是2013年末至2015年6月援疆的。2019年6月,即将于当年年底到期的如皋市中医院消化内科专家李小飞医生,也碰到了同样的问题。李小飞所在的援疆单位是伊宁县中医院,医院的消化内科原来只有一名医生,内镜室经常"关门歇业",基本的检查器械、手术器械奇缺,日常只能做一些普通项目检查,稍有点复杂的病情,就要转诊几十公里以外的伊犁州医院,甚至更远的乌鲁木齐医院。而受气候环境、饮食结构、生活习惯等方面的影响,伊宁县需要做胃肠镜的患者又特别多。因为常规胃肠镜检查给患者造成的痛苦较大,很多患者都不愿在本地进行相关检查。这项业务的开展,成了医院的难点,也是医院的痛点。县中医院和医院原来的医生就是在这种两难的条件下,热情而努力地为边疆的少数民族群众服务着。他们强烈的责任感和使命感深深感动了李小飞,李小飞来到伊宁之后,很快进入角色,在完成了器械的配置和设备的补缺后,借助南通援疆麻醉医生胡娟的支持,开展了无痛胃肠镜的检查及治疗,并迅速受到了群众的欢迎和喜爱。

接诊过程中的一个病例,深深触动了李小飞。3月的一天,67岁的哈萨克族老人吐尔逊哈孜在家人陪同下来到医院就诊。半个月前,老人突然黑便、头晕、身体不适,血常规检查发现贫血严重,家人都怀疑他的消化道可能出现了大问题。虽然肿瘤标志物显示正常,但大家还是十分担心。本来，这种情况，做一次胃肠镜检查，就可以确诊了，但多年前的一次胃镜检查，给老人留下了十分痛苦的心理阴影，老人说什么也不肯"再吃二遍苦、再受二茬罪"。李小飞反复动员，讲解无痛胃肠镜与传统检查的区别，好不容易才做通了老人的工作，无痛胃肠镜检查做过以后，老人的警报解除了，一个劲夸奖南通专家"加克斯"（哈萨克语："好"的意思）。李小飞也认真思考，怎样才能落实援疆工作组的部署——"经验不保守，技术不带走"，把自己掌握的医疗技术传授给更多的本地医生呢？

伊宁县中医院陈锋院长说，为伊宁中医院谋划未来，李小飞考虑到我们前面去了。李小飞来到伊宁仅半年，累计接诊患者580余人，带着科室人员门诊治疗患者370余人，开展各类手术240余次。像无痛胃肠镜、单人结肠镜、内镜下止血等手术，在内地的县级医院可能只是一般性的手术，但在北疆伊宁，却填补了几十年来的空白。接下来的问题是，怎样让这类疾病的诊断和手术，变为伊宁县中医院的常设门诊和诊疗项目？陈锋院长说，门诊首先要有"门"，有相应的科室，伊宁中医院建院几十年来，一直是大内科，什么都搅在一块，没有专门的"消化内科"，而以上几项诊疗的开展，第一要务就是建立相应的专科。建立专科的条件起码有三：器械、建制、人才。器械配置齐全了，科室用房也好调整，关键是医疗人才。李小飞带着几个年轻人，把"消化内科"的业务做得风生水起，但到 2019 年底，李小飞援疆就到期了。没有了领头雁，这个科室能撑持得下去吗？所以，"消化内科"能否挂牌？取决于李小飞的援疆时间能否延续。而按常规分析，李小飞继续援疆的可能几乎为零。因为，35 岁的李小飞上有老、下有小，两个孩子，儿子 8 岁，女儿 4 岁，出发来伊宁时，新购的商品房还在装修……一般来说，他自己不会选择再留伊宁，组织上也会考虑别人。所以，陈锋院长百般无奈之下，是以征询能否建立"消化内科"的名义，与李小飞开始试探性谈话的。哪知，李小飞已经就科室建设起草了一份全面的规划和建议，而且，抢在陈锋院长开口之前表态，他已经做好了家庭的工作，并向后方相关部门提出了继续援疆的申请。

这就是陈锋院长讲的，对伊宁中医院未来建设的谋划，李小飞考虑到他们前面去了。

笔者与李小飞谈起这一话题时，小飞显得异常平静和坦然。他说，大家都说他的兴趣单一，每天的轨迹就是住地、食堂、医院，三点一线。其实，每个人的生活世界都很丰富多彩，怎么可能这样单一呢？只是摆在自己面前的任务太重了，事情太多了，门诊和手术时间以外，必须一件一件梳理，一件一件落实，大家可能就产生了这样的印象：李小飞的生活刻板，整天忙忙碌碌，除了工作还是工作。李小飞说，他在原单位也是这样的，只不过自我感觉有了较大的不同。譬如，在伊宁，特别是到乡村卫生院、帐篷诊所巡诊的时候，迎来的那种虔诚热情的目光，让你自然产生一种责任感、自豪感，激励你不得不加倍努力工作。工作之余，当然也有想家想孩子的时候，因为时差关系，伊宁下午下班的时间是 8 点，家乡如皋的 8 点已经是晚饭之后了。所以，在伊宁下班后，如果没有重要活动，李小飞回到宿舍的第一件事，就是与家人视频连线。按照惯例，视频接通后，李小飞先与 4 岁的女儿红豆玩闹一番，然后检查 8 岁儿子当天的作业并了解学习情况。最后，他与将家里收拾停当了的妻子才做"总结交流"。妻子与李小飞是扬州大学医学院的同班同学，李小飞说妻子没有什么好介绍的，如果一定要介绍，他就想讲一句话："我不是一个人在援疆！"征得李小飞的同意，我把他爱人一则题为《小别》的帖文转摘如下：

一直以为，2018 年家里的大事是给孩子们安一个新家。变化总是来得太快，孩子们的爹要去援疆 18 个月，也算大事一件吧。

自从知道援疆任务轮到我们县，我就知道不管去得成去不成，他一定会报名的。他，是那个刚进大学，因为没看见学校挂国旗，就去找党委书记建议的人；他，是那个十几年来一心扑在工作上，忙起来"六亲不认"的人；他，是那个简简单单、永远把自己放在"最后"

的那个人……这么多年，初心不改，所以根本不用他开口，我主动说出了他的决定，只是没有想到他真的成了去的那一个。

　　他内心该是欣喜的，终于有机会响应祖国的号召，去往最需要的地方，实现自己的抱负，丰富自己的人生，老了还可以在儿孙面前吹吹牛皮。因为懂他，所以选择支持，也做好了从此在家庭上付出更多的准备。出发日期一定，我还是有些不舍的，十几年早已成为彼此的习惯，此番大概也需要一段适应的过程。不过放心吧，父母我来照顾好，子女我来教育好。这些年被婆婆照顾得太多，感觉自己个性变得软软的，该把泼辣劲儿捡回来，回归风风火火的样子。

　　此去，牢记领导、同事、兄弟姐妹的叮嘱，自己照顾好自己，顺利完成好任务。

　　此去，没事时，咱也可以写封信浪漫下。

　　等你回来，继续我们云淡风轻的小幸福。

　　介绍这样知书达理的妻子，李小飞免不了一脸的怜爱，当然也少不了十二分的自豪，毕竟他们是由相知到相爱，由同学到夫妻的。

　　2020年12月2日，我和小飞医生在伊宁援疆楼内又见面了，分别一年半了，我问他原来想建的科室建了没有？他春风得意地说，去年 9 月 24 日挂牌，当年就做了 500 例手术。今年的手术指标原定 1000 例，因为疫情，受了点影响。现在，专科门诊内镜、无痛胃肠镜手术，最多每日可做 16 台。问他家里可好？他迟疑了一下，说"还凑合"，有点勉强。我知道有情况了，追问之后，他说父亲的情况有点麻烦，工作中发生了脑外伤，比较严重，需要立即手术时，他托同事签字为自己承担责任，手术过程中，他星夜赶回了南通，直接到了病房。由于治疗延误，父亲术后产生了脑积水。自他援疆后家中好不容易调整的平衡，因为多了个危重病人，又都打乱了。聊起两个孩子，他说女儿红豆准备上一年级了，还是那样，笑起来挺好看，哭起来挺可爱。儿子土豆懂事了，他每次回去探亲，土豆总要变着法子"讨好"爸爸。去年春节回家，一进门就看到他写的迎接标语："欢迎爸爸回家！"门厅餐桌正中的白色瓷盘里，小家伙用他喜爱的火腿肠、果冻、薯片、牛肉干等零食，摆了个彩色的爱心造型。尽管欢迎标语用黑笔写在白色 A4 纸上（家乡风俗应该用红纸或粉纸，白纸黑字有点不太吉利），小飞说他还是被感动了，含着眼泪，抱紧儿子，狠狠亲了一口！

在和小飞的面对面交流中，有一个难忘的镜头：讲起孩子、父母、家庭的时候，小飞情不自禁，喃喃自语，"援疆干部都是家庭情感'银行'里的贷款大户、欠债大户，自己该负的责任，都一股脑儿推到老婆身上去了！"小飞还推己及人,慨叹:"咱们男人都如此"儿女情长",真不知道楼里(援疆楼)的女同胞们是如何处理的?"说着说着,红了眼睛。

如果说李小飞急伊宁县中医院之急,想伊宁县中医院之想,尚有点"规定动作"的意思,是一种"组织行为"。那么,伊宁县人民医院妇产科主任沈剑平的"自费"进修,就是一种自我驱动的"自选动作"了。张华副书记是在点赞李小飞式的责任感和使命感时,谈到沈剑平的。张华说,沈剑平表现的是另外一种形式,到岗半年多时,她就在县人民医院妇产科主任岗位上干了几件出色的事情。说句实话,少数民族妇女疾病的防治和医院妇产科的建设相对薄弱。沈剑平到了伊宁以后,县人民医院、县中医院和妇幼保健院的专家门诊定时开设了起来;针对全县妇产科医护人员的讲座和微信群建立了起来。全县每个乡镇的妇科巡诊有计划、有行动、有成效。应该说,作为援疆医疗专家,沈剑平早已超额完成了一年半的任务。但是,5月的一天,沈剑平突然来找前方工作组组长张华请假,说要去乌鲁木齐一家医院进修一个月,自费去。原来,伊犁地区妇女的一种常见病和高发病,乌鲁木齐一位专家前不久在上海学习时攻克了。经过网络联系,他答应让沈剑平去乌鲁木齐市的门诊见习交流一个月。沈剑平考虑到伊宁县人民医院的经费有限,准备以私假的名义,自费去完成这次学习和交流。张华当即表示，既然是常见和高发的疑难病症，我们还是应该给予高度的重视。县人民医院经费不足，就作为援疆工作组的出差任务吧。

我上次在伊宁采访的后半程，见到了从乌鲁木齐学习回来的沈剑平。沈医生说，所谓"疑难"，是病症归类的不科学和边疆地区整体较低的医疗水平造成的。譬如妇女生育，少数民族地区产妇营养补给不足，家务劳动相对更加繁重，所以，妇女生育以后，得不到休养生息。而且，多胎生养造成子宫脱垂、阴道前后壁损伤严重等病症，由于当地诊疗水平的问题，不能及时诊断，及时修复。有时，这些带有地方性质的多发病、常见病，还会横跨在妇产科和泌尿科之间，所谓"疑难"，也就这样产生了。从乌鲁木齐学成归来的沈剑平医生兴奋地告诉笔者，在乌鲁木齐专家的指导下，他们对医疗程序和护理器械大胆革新，在外地需要2万元左右住院诊疗的疑难病症，在伊宁县人民医院，只需住院3天，不超过5000元就可完全解决问题。现在，这一手术已在门诊开通，技术传人也已物色好了，他们正准备利用微信群，在全县妇幼保健系统进行专题科普教育。

第六章 一次全民体检引出的『母女相认』

海门市中医院心电图室主任潘晖医生的援疆之旅，可以说是一场意想不到的"遭遇战"。2016年12月的一天，确诊为"心脏严重早搏"，住院待查的潘晖，刚办完住院手续走进病房，院办打来电话，院长紧急召见。

潘晖匆匆赶到院长那儿，弄清缘由，双方都蒙了。院长说，南通援疆工作组向后方求援，要在严冬到来之前，完成对伊宁全县43万人口的全民体检，南通医疗战线要组织60名专家驰援伊宁，海门专家组的心电图医生由中医院派出，潘晖手握着口袋里的住院卡，也想到过另外派人，但心电图室本来就缺人，为了让她安心住院检查，刚刚对每个人做过岗位、班次的加班调整，现在，"富余"人员非自己莫属了，其他还能派谁呢？南通医疗队大队人马两天后集中出发，容不得犹豫，潘晖当场表态，她自己随医疗队出征。

这一天晚上，潘晖的娘家和婆家都"开锅"了，两大家子都没有谁去过新疆，对新疆的了解加起来就这么几个字：远、高、冷。远，万里之外；高，西域高原；冷，已经飘雪。妈妈抹泪，女儿是刚确诊准备住院的心脏病人，心脏病就怕天冷和高原气候。婆婆叹息，自己多病，一直是儿媳妇照应的，儿媳去了新疆，谁来管她呢？爸爸最冷静，明确支持她去。爸爸军人出身，共产党员，要女儿两天内把能准备的事准备好，来不及处理的，交待给家人或同事，自己口袋里备点速效救心丸，克服困难，准时出发。

两天后，潘晖医生就这样急急忙忙上了飞机。因为晚点，本该当晚 11 点到达的航班，次日凌晨 6 点才到达目的地伊宁，而体检的通知早已发出，估计当天体检的农牧民都已行进在路上，潘晖他们这一组就直接从机场上了大巴，拉到了胡地亚于孜镇卫生院体检现场。一天紧张工作下来，潘晖说，真有点"天旋地转"了。这一个月的伊犁之行，生理上倒没有高原反应，但时差转换、饮食习惯以及自己身体的原因等等，她好像一直生活在眩晕之中，但有两件事像刀刻一样，铭记在她心头。一天，潘晖和另两名医生为了会诊一位维吾尔族大娘的检查结果，3 个人都耽误了中午的吃饭时间，会诊结束后，就着开水，吃下已经凉了的盒饭。老人家心中过意不去，一定要请医疗队去她家吃顿维吾尔族大餐。地方领导反复解释、反复做工作，才让她打消了这个念头。第二天下班时，门卫说有人在等医疗队的潘医生，潘晖走到传达室一看，竟还是昨天那位大娘。大娘听说医疗队有纪律，不能到老乡家吃饭后，熬了一罐鸡汤送了来。来的时候医疗队还没有下班，老人家索性坐在传达室的椅子上，用自己的大衣把鸡汤罐裹了起来。可以想见，潘晖来到传达室与老人见面时，双方的心情和场景了。

另一件事也是发生在快下班的时候，那天的工作比较顺利，体检任务提前完成了，难得的空闲，大家很有兴致地聊了起来。这时，卫生院一位工作人员来了，说他们院有位职工的孩子因为脑瘫，一直不能走路，想请来到家门口的医疗队帮助诊断和治疗。潘晖下意识地予以拒绝，说他们几个是做心电图检查的，专业不同，恐怕处理不了脑瘫和行走问题。来人不依不饶，请求潘晖他们一定要接待一下，哪怕捏捏小腿，做做样子。因为孩子听说江苏的专家要来，早就燃起了行走的希望。他们一家都是维吾尔族人，为了给孩子治病，家中已经变卖了乡下带院子的房子和值点钱的家产。现在，姐姐上学，残疾的父亲在卫生院烧锅炉，母亲在这里做护工，一家四口挤住在医院的一间临时住房里。母亲非常要强，也非常自爱，几天来一直等着机会，看到这一天人很少的时候，才向他们提出了这一请求。

无法推辞，妈妈抱着孩子进来了。妈妈撒依旦·斯德克说，她是从女儿夏力潘到了该站立的年龄不能站立，进而发现脑瘫的，几年来，为了给孩子看病，能卖的东西都卖了。走投无路时胡地亚于孜镇卫生院收留了他们一家。现在，家里有了一点积蓄，就跑一趟乌鲁木齐，"病急乱投医"啊！但是，孩子的腿却总不见好。夏力潘瞪大双眼，怯生生地扫视一周，清晰地叫道，"叔叔、阿姨好！"算是与在座的每一位都打了招呼。接着，夏力潘又轻声地向叔叔阿姨们哀求："我想走路！"夏力潘怯生生的眼神和"我想走路"的哀怨请求，像电闪雷鸣一样掠过潘晖的心头，她的双眼一下子红了。在检查夏力潘双腿的时候，医生们有一个可喜的发现：

虽然当时她已经6岁了，但6年没有下地的夏力潘，小腿肌肉还没有萎缩，依然保持着一定的弹性。撒依旦·斯德克哭了，说妈妈还能做到的就剩下这一点了——在没钱治病的日子里，她每天早晨和晚上，定时为女儿按摩小腿。这是医生的嘱咐，见到过孩子的医生都说长期不能下地活动的腿部，特别是小腿能有点肌肉，即便以后不能行走，也能为孩子发育之后的腿部活动，保留点有限的希望。但遗憾的是，夏力潘下地走路的可能，几乎为零。

潘晖留下了夏力潘哀求"我想走路"的那一瞬间的一幅照片，她认为这一幅照片和希望工程中安徽姑娘苏明娟比较，夏力潘照片的视觉冲击力还要大，苏明娟的大眼睛是求读书、求文明；夏力潘的大眼睛是求治病、求站立！潘晖他们几个人悄悄留下身上的2000元现金，回到住地，又将夏立潘的大眼睛照片发到了微信朋友圈。

一个月的全民体检很快结束，潘晖留下朋友圈中好友陆续发来的6000元红包，带着大眼睛夏力潘的照片，依依不舍地离开了夏力潘，离开了伊宁。

回到海门的时候，正是人们筹办一年一度春节物品的时候。潘晖为父母置办衣物的时候想到那双大眼睛，为公婆购买礼品的时候想到那双大眼睛，为读大学的儿子买鞋买包时还是想到那双大眼睛。或许是母性使然，这一天，潘晖再也不能自已，情不自禁地跨进了儿童用品商场。一边比画着夏力潘的身高胖瘦，一边介绍着夏力潘遭遇的同时，潘晖选好了一套7岁女孩的衣帽鞋袜，买单完毕，正准备转身离店，店老板又麻利地配好不同款式的一套送了过来，动情地对潘晖说，"我也是母亲，给远方那位不幸的孩子一道寄上吧！"潘晖代表夏力潘连声道谢后，赶紧电话联系"快递"，但春节临近，所有的"快递"公司都已停收货物了。还好，中国邮政还在营业，邮政特快包裹寄到夏力潘和她的姐姐手上时，离2017年的春节只剩下两天了，姐姐连忙拍了夏力潘捧着新衣服、玩具和图书的拜年视频，给潘医生发了过来。这个春节，潘晖感觉最充实，因为这段常看常新的"大眼睛"夏力潘的视频。

　　回到海门，潘晖还做了一件事，她让伊宁方面把夏力潘的电子病历和相关检查结果从网络传来，拜托南通妇幼保健院两位儿童康复专家，给夏力潘做了一次远程诊疗。远程诊疗的结论与此前的临床诊断差不多，夏力潘的站立与行走基本上是无望了，坚持按摩，保持小腿肌肉不萎缩，可以为青春期以后上半身的活动和生活自理，增加点支撑力量。另外，参加远程诊疗的医生，也进一步肯定了夏力潘智力发育正常，甚至在某些方面的超常。譬如，夏力潘的爸爸、妈妈都只能用维吾尔语交流，而学龄前儿童夏力潘，居然可以不用借助翻译，用汉语流利回答远程诊疗的相关问题。刚刚7岁的夏力潘怎样度过自己的小学、中学阶段，迎来不知道什么结果的青春期呢？潘晖常常打开手机，看看照片、看看视频，以这种特别的方式，思念着远方的"大眼睛"。还有，每到新学期开学和春节等节点，潘晖总要给夏力潘姐妹寄去新学期的费用、过节的服装和礼品。

机会来了，2019年3月，听说南通援疆需要新一批医疗专家时，潘晖主动找医院、找主管部门，要求再赴伊宁。领导不理解，上次一个月援疆，回来就住院治疗，这次是一年半时间，能坚持得下来吗？同事不理解，好好的技术权威、部门"老大"不当，跑那么远去给人家当副手（援疆干部一般都任受援地的岗位副职）？家人也想不通，不顾家庭，也得顾及自己的身体。潘晖不管不顾，铁心踏上了二度援疆的征程。其实，丈夫和儿子知道她的心思，2016年新疆之行归来之后，潘晖一直心系着伊宁那个叫夏力潘的大眼睛脑瘫女孩。潘晖这一次是2019年3月底到达伊宁的，一个月时间熟悉工作与环境后，5月初的一个周末，潘晖丢开一切赶到胡地亚于孜镇卫生院。

不巧，妈妈带着夏力潘又到乌鲁木齐复诊去了。

"六一"前夕，潘晖和伊宁县卫健委副主任、南通援疆医疗队领队张振宇再一次来到了胡地亚于孜卫生院。时隔两年半，夏力潘一家又见到潘晖医生，两位母亲激情相拥，泪流满面。夏力潘的妈妈告诉潘晖，抱着一份希望，两年半的时间内，对小力潘的腿部按摩一天也没有间断，乌鲁木齐中医院康复科医生也给予了充分肯定。夏力潘一边听着，一边不停地安慰着一直流泪的妈妈："谢谢您，妈妈！妈妈，谢谢您！"张振宇主任也给夏力潘带来了好消息，考虑到他们家庭的实际情况，难以承担一次次去外地医院往返治疗的费用，县卫健委已在南通进修的伊宁医生中，专门安排一人学习儿童康复技术，回伊宁后"一对一"负责小力潘的康复治疗。

  我是2019年6月13日下午见到夏力潘的。那天，笔者和张华副书记、潘晖医生一行，顺道路过胡地亚于孜镇，联系之后，我们的车子拐进了镇卫生院，三年级学生夏力潘已经放学，被妈妈接回家中，卫生院党支部书记库尔班江·艾力肯也赶来了夏力潘的住处。屋子不大，但很整洁紧凑，分隔成里外两间，外间由小力潘和姐姐居住，炕旁摆放着小力潘恢复性训练的简易器具，孩子的妈妈告诉大家，夏力潘每天早晨、下午都由她接送上学，孩子的各门功课都很优秀，想站立、想走路的愿望十分强烈，每天的自我训练从不间断，从不懈怠。夏力潘见到潘晖医生特别兴奋，拿出潘阿姨和张振宇伯伯陪她过"六一"节的照片让大家分享，夏力潘穿着潘阿姨带来的一袭红裙，两只大眼睛青葱水灵，要不是坐在轮椅上，谁也想不到是位脑瘫孩子。张华对闻讯前来的地方领导说，要想尽一切办法帮助夏力潘的恢复性训练和治疗，尽一切努力帮助这个家庭克服可能遇到的困难。这不仅仅是救助一个孩子、扶持一个家庭的单一事件，夏力潘能不能完全康复也还是个大大的未知数，但这个事件本身就有很正面的意义。在社会各界、各民族仁医志士的关爱下，祖国北部边疆的维吾尔族小朋友夏力潘，身残志坚，自强不息，健康成长，其意义将会和残疾人的楷模张海迪、轮椅博士侯晶晶一样，为社会发展、特别是会为不少残疾孩子的成长，提供又一面正能量的旗帜。

离开夏力潘家的时候，在轮椅上一直依偎着潘晖的夏力潘，在潘晖耳边嘀咕了一句什么，潘晖一边点头，一边泪水夺眶而出。

车子开动的时候，夏力潘挥舞着小手，高声叫道：

"谢谢您，妈妈！妈妈，再见！"

离开胡地亚于孜镇，潘晖的情绪平复了以后，我悄声问潘医生，小力潘跟她嘀咕了什么？潘晖说，小力潘问她："我可以叫您一声妈妈吗？"自己激动得说不出话来，只能用连连点头和双泪长流作答了。于是，这才有了感动在场每一位的那一声道别："妈妈，谢谢您！"说着，潘晖又不能自已了。

关于夏力潘的最新讯息是，伊宁县委宣传部副部长徐新以此为题材，撰写了通讯《四年间，几度援疆！海门女医生情暖维吾尔族"轮椅小女孩"》，《伊犁日报》《南通日报》《新疆日报》、新疆网、中新网等媒体发表和转载后，新浪网又在"头条"转载,夏力潘的命运再次牵动了大江南北的千万仁爱之心,国内著名的神经内科康复专家、南通第二人民医院主任医师沈晓明和他的工作室,通过远程诊疗,仔细检查评估病情,认为9岁的孩子才开始系统康复治疗,已经错过了最佳年龄,从现在开始正规矫治,正常站立和行走的希望不大,但生活自理的其他功能还是可以部分恢复的,我们期盼着夏力潘身体康复和学业精进的双重喜讯!

  残疾孩子夏力潘的出现,也给南通援疆的厚度、力度、温度,提出了更高的要求,涉及民生和社会福利的好事、善事,不仅要做好、做实,可能的情况下还要做大、做快。张华是在伊宁县社会福利中心立项时想到这个问题的。伊宁县作为北疆第一、全疆第五的人口大县,43万人口中,60岁以上的老年人占10%,60岁以上的"五保"老人700多人,目前全县养老院床位只有120多张;在孤儿供养方面,目前还没有专门的儿童福利院,122名孤儿全部采用的是家庭寄养方式。因此,要落实上级部门五保老人集中供养、社会孤儿集中收养的"双集中"目标,任务还是相当艰巨的,通行的办法往往是分步解决,例如先建造300张床位规模的一期工程,然后再搞一个400张床位的二期工程。用一个时尚表达叫"稳步推进",多好——既有落实上级任务的具体行动,又不至于有"冒进""超前"等行为带来的尴尬。张华却不按常理出牌,他认为可以努力一下办到的事情,就应该好好努力一下。伊宁县地方财力紧张，上级安排的项目资金规模有限，但如果把援疆资金相对集中使用，届时再把目前超出的床位实行市场化管理，弥补投入资金的不足，这样，既解决伊宁困难群体中五保老人的供养问题和孤儿、残障儿的收养问题，切实提高了这一部分特困人员的获得感，又让全社会都感受到一种幸福感，一举多得，何乐而不为呢？

伊宁县社会福利中心这一援疆项目，就是遵循着这样的理念上马的。立项之后，张华率领县住建局、规划局、福利院和援疆工作组的相关人员组成考察组，赴上海、江苏以及新疆地区的十多家各类养老院、福利院现场调研，实地考察，再结合伊宁实际，提出了伊宁县社会福利中心的规划意向。这项工程作为南通市2018—2019年年度援疆项目的"交钥匙"工程，占地64亩，总投资1.3亿元，建筑面积3万平方米，600张床位，2017年7月破土动工，2019年6月验收交钥匙，10月人员入住。这项工程是伊犁河谷第一家园林式综合社会福利中心，是全疆功能最全、环境最优的社会福利中心，和伊宁县南通实验学校一样，也是江苏省民生援疆的又一精品工程。其实，何止是新疆最优、江苏最优的社会福利中心，从硬件投资与设施方面来说，以笔者孤陋寡闻的见识，即使放到全国同类设施中比较，也起码能捧回一两座单项奖杯。

南通民生援疆的实绩很多，伊宁的自来水改造，道路建设，文化活动场所和电视台兴建，以及电视台高清播出设备的购置……都留有南通援疆的深深印记。

徜徉在祖国西北边陲这座园林风景式的福利中心园区，耳边不时飘来伊犁河支流的潺潺水声，笔者情不自禁地哼起了《和你在一起》：

点点滴滴，风风雨雨，
每个朝夕都变成了回忆。
日复一日，不问归期，
每滴汗水都变成了奇迹……

第七章 心灵与心灵在『奋斗』中碰撞

人们常常引用雨果的一段名言，世界上最宽阔的是海洋，比海洋还宽阔的是天空，比天空更宽阔的是人的心灵。从南通"证大班"走出来的伊宁二中毕业生刘家成，在拿到南京理工大学录取通知时，感谢援疆老师："只有你们走进了我的心灵。"这里的"心灵"大约就是雨果所说的那种最宽阔的境界了。

18岁热血青年的"海洋"，18岁大一学生的"天空"，18岁青春诗人的"心灵"，都因为援疆老师的"走进"，而变得更加生机勃发，变得更加浩瀚无垠，变得更加美丽明媚，变得更加充满遐想。

2017年7月，作为江苏省委的理论刊物《群众》杂志，发表了一篇读者反应十分强烈的文章《老百姓就爱实干型干部》，作者是援疆干部张华。文章是编辑部约写的，通篇都是大实话，就讲了一件事的来龙去脉，援疆干部一任3年，到期轮换，一般情况下，只有因事因病提前结束的，少有延期的，更少有接着再干一轮的。张华在2016年底结束了第一轮3年的援疆任务后，又开始了新一轮3年的援疆征程，而且，不仅是地方党委和各族群众的请求，张华本人也主动向组织提出了申请。组织部门谈话时问过他："为什么？"张华用3句话9个字做了回答——舍不得，放不下，离不开。舍不得和当地各族干部群众结下的浓厚情谊，放不下手中如火如荼的工作，离不开这片充满希望的热土。就这样，张华留下了，与张华同一批援疆的徐新、周云旗等5人也留下来了,张华调整为南通市援疆前方工作组组长、伊宁县委副书记。

又隔了3年,笔者对此有了新的发现,当时的这个答案只回答了问题的一半,或者说只回答了表面的设问,更深层次的原因,在又一个3年快要结束的时候,才异常振奋人心地显露了出来。

还记得上篇第四章中介绍的"永远的五班"微信群吗?"永远的五班"微信群人数是"85+1","+1"中的"1"是谁呢——伊宁县委书记杨新平。伊宁的书记怎么挤进了海门三厂中学校友的微信群?这里有个小故事。2018年9月,杨新平到伊宁县南通实验学校调研,在每个班级教室的后面,都看到有"永远的五班"图书角,杨书记好奇图书角的来历,有人立即把姜振山老师叫来介绍,杨新平知道了原委,动情了,握着姜老师的手说:"可不可以把我也拉进这个群呢?我也想加入'永远的五班',我们一道接力,把这首相隔万里的连心诗写下去,写出更美的篇章。"

杨新平既是有情之人,也是有心之人。他是2016年8月从邻县调来伊宁担任书记的,履新的必修课中,当然优先安排会见援疆干部,他知道,张华他们这一批援疆干部,还有3个月就到期了,也就是说,南通市要轮换新一批援疆人员了。在和杨新平熟悉了以后,他曾形象地和我笑谈,"援疆干部是舅舅家的,是舅舅家的兄弟,只知道干事,不需要回报。伊宁人非常敬重他们，敬重在伊宁工作的每一位南通援疆干部！"为了与"舅舅家的兄弟"套近乎，杨新平认真理了理"舅舅家"的社会关系，县委办为他准备了一本《张謇——一个伟大的背影》，周末两天的空隙，他就认真看完了。杨新平与张华的见面深谈，就是从张华写的人物传记《张謇——一个伟大的背影》开始的。

杨新平说，南通不简单啊，有张謇这样一张中国名片、世界名片！你们张家不简单，有这样一位不朽的人物，伟大的人物！

张华说，张謇是南通的，也是中国的，甚至是世界的。他的伟大之处是身在南通，放眼世界。

杨新平接过话题，对、对、对！你给我的书上题写的那句话很精彩，"身居台角，光照四方。"这句话是老人家少年时的宏愿，也是他一生实践的光辉写照。一个人无论在什么地方，都能发挥他应有的作用，体现他应有的价值。

张华感慨，张謇一生始终秉持着一种追求卓越、胸怀全局的战略思维：办一县事，要有一省的眼光；办一省事，要有一国的眼光；办一国事，要有世界的眼光。

杨新平告诉张华，他来伊宁后，虽然学校放假了，但早上、晚上的空闲时间，他已到伊宁二中、伊宁县南通实验学校兜过几圈了。伊宁县城就这么大，老百姓的目光集中在这里有道理，特别是实验学校，教育涉及每个人，每个家庭，每个孩子都是父母明天的希望。张謇倡导"父教育,母实业"的理性救国理念,如今你们也在伊宁的土地上书写了这一篇精彩华章。杨新平还与张华探讨,"父教育,母实业"有哪几种不同的解读,哪种释义更接近本意?

张华在领悟张謇先生关于"父教育,母实业"社会发展思想上,有其独到的见解。张謇说:"惟是国所与立,以民为天,民之生存,天于衣食,衣食之源,父教育而母实业。"张华认为,"父教育"与"母实业"不是先后关系,不是递进关系,而是父母之间的相互依存、相互补充、相辅相成、不可或缺的至亲至密关系,教育可以改良实业,实业可以辅助教育。用张謇先生的话说,"实业与教育迭相为用"。通过实业壮大国力,又通过教育为国家培育英才。

杨新平后来与我私下交流,他接触张华以来,感到张华就是一位活脱脱当代实践版的张謇。张华对伊宁振兴教育、发展实业的思考与实践,脱胎于张謇在南通的实践,又融进了当今社会发展的鲜活理念,冷静、客观、务实,既有宏观思考,又有辩证分析。中央关于新疆发展的方略也要求我们大处着眼,小处落笔。在发展中求稳定,在促进就业中改善民生。"要坚持就业第一,增强就业能力,引导各族群众有序进城就业,就地就近就业,返乡自主创业。"

张华向杨新平献策,伊宁各族群众的就业不能坐在田头看山头,坐在山头看田头,应跳出"山界"外,立足更高层，要在更宽广的视野范围内找出路，找适合边疆农牧民转型就业、增收致富的产业。譬如南通作为全国最大的纺织产业基地，现在每年的销售已近3000亿元，但受土地成本、用工成本、资源成本、电力成本、物流成本等方面的影响，可持续发展的空间越来越小，而南通纺织产业面临的这种困境和矛盾，就是我们伊宁承接产业转移最大、最好的机会。

杨新平认为这个思路有创意，他组织县里的四套班子领导多次研究并形成共识，伊宁有土地资源优势、交通区位优势、电力资源优势、产业政策优势，更重要的还有人力资源优势。

张华说他大致盘算了一下，南通和伊宁比较，南通的土地价格大约是伊宁的5至10倍；新疆棉花的产量占全国的87%，获取极其便捷；用电占纺织企业生产成本的1/3，南通工业用电每度0.8元以上，伊宁工业用电仅为0.35元/度；南通纺织品出口物流转运复杂，伊宁是亚欧铁路的中转站，离霍尔果斯口岸距离只有90公里，物流可直达中亚五国；南通用工主要依靠外来人员，月薪4000—5000元/人，伊宁本地有10多万富余劳动力，人均月薪2500元左右，远低于南通地区。至于产业政策上的优势就更多了，新疆地区有培训补贴、用工补贴、物流补贴、厂房租金补贴等等，这些都是伊宁创业看得见的亮点。从这个意义上来说，南通和伊宁的关系，完全可以从原先单向的"产业援疆"，走向双向的、互利互惠的"产业合作"，或者放大了说，是东西部互补。

杨新平虽是一县的地方主官，但伊宁是一架6500平方公里的巨型"钢琴"，这里该弹出个怎样的调调、这里能弹出个怎样的调调？这的确是件颇让"一把手"为难的课题。社会的稳定、产业的转型、"一二三产业"的协调发展、教育科研卫生、治安群防边控……哪个指头按下去都会鸣响出引人关注的音符，但什么才是引领全曲的主旋律呢？而且，从人口规模上说，伊宁是北疆人口第一大县，在全疆排列第五，举足轻重啊！

张华是实干型人才，更是思考型干部。张华认为，就像大海航行一样，对付风浪的最好办法是保持适当的速度前进。动态的稳定，是前进中的稳定，发展才是真正的稳定；而静态的稳定，是暂时的死水一潭，是以"牺牲"为前提的止步不前。社会在变化，观念要更新。过去说"旧的不去，新的不来"，现在的事实是"新的不来，旧的不去"——新的来了，才能挤走旧的，替代旧的。也就是说，"不破不立"的传统思维也该破一破了，也该"发展"了，该立的立起来之后，该破的自然就没有市场，就会自然被淘汰的。张华常说，长满杂草的地方，很难开出鲜花。同样，开满鲜花的地方，杂草也是难以露头的。

杨新平是典型的北方汉子，高大魁梧，沉稳刚毅。张华是标准的江海俊男，高挑干练，足智多谋。两人在伊宁跨越式发展的方略上，英雄所见略同。所谓跨越式发展，就是要科学地、全面地、辩证地看待稳定和发展的关系，在发展中求得真正的社会稳定和民生改善。北疆伊宁要从农牧业直接向工业化、城市化发展，要力避内地先污染，再治理，先小钢铁、小化工，再现代化、生态化的重复建设弯路，而是应该"弯道超车"，按工业革命4.0的新型工业化标准规划，走现代工业之路，一步到位，与世界前沿科技接轨。但是，因为多种因素的制约和影响，新疆的不少地方还在走内地的老路，交着不该交的"学费"，新疆干部的当务之急，应该是以史为鉴，绕开弯路，免交学费，直接驶上科学发展的"高速公路"。

在越来越深入的交流中，张华向杨新平介绍，他在研究张謇的过程中发现，张謇的"实业救国"梦中，有遗落在新疆的碎片。那是1923年，当时的新疆省长杨增新致电张謇，计划在当时的迪化（今乌鲁木齐）西郊开办阜民纺织公司，征询意见并讨教购买哪国纺织机械。张謇十分高兴，鼎力支持，即刻作复，考虑到新疆偏远，运输不便，建议在美国和英国纺织机械中，初创时先选择轻便灵巧一些的美国机械，成规模后再批量进口坚固耐用的英国纺机。张謇还派嫡传弟子杨传敬到新疆，担任了阜民纺积公司的第一任技师（相当于现在的总工程师）。张謇日记中有这样的记载，初冬时节，杨增新让到南通考察学习的人员捎去新疆的瓜果，张謇十分高兴，题诗将瓜果分赠给江南的诗友与画家："宛夏葡萄哈密瓜，远来万里督军衙。殷勤分与江南客，助尔辛盘笔上花。"

杨新平后来对这段历史专门做了考证，杨增新在民国时期治疆17年，为守卫边疆，稳定边疆做了大量工作。在发展中稳定边疆，一直是省长杨增新的心愿，但他所处的时代军阀混战，政府腐败无能，"谁有能耐在地震的废墟上建造大厦呢？"杨增新给在北京女儿的信中说："出了玉门关，死又不知何处。我当忠于新疆，终于新疆。"杨增新不幸一语成谶，因为爱国爱疆，在主持宴会时被乱枪射杀，实践了他"忠于新疆，终于新疆"的誓言。阜民纺织公司在开局甚好的情况下，也因时代的风雨，仅仅经营了四年，就在战火中毁灭了。

杨新平、张华在感慨这一段历史，对前辈先贤由衷敬佩的同时，更加感到自己肩上继往开来的重任。新时期的新疆，由乱到治，由乱到稳，由稳到治，已经到了重回正轨，调换"赛道"，追赶内地，弯道超越的时候了。

于是，有了本章开头那篇文章的话题，张华援疆3年期满，为什么又留了下来？

于是，有了杨新平会见张华时推心置腹的"学术探讨"，如何学习借鉴张謇提出的"父教育，母实业"思想。

于是，有了杨新平对张华的"激将式"挽留：伊宁县稳定发展的大文章才开了头，别人续写，你能放心、你能甘心吗？

于是，在外因和内因的作用下，张华有了"舍不得、放不下、离不开"3句话9个字的表态。

于是，伊宁县委向伊犁州委和南通市委请求，希望张华再留3年，续写伊宁发展的新篇章。

杨新平的连环套很是了得吧，别看他虎背熊腰，浓眉大眼，见人一脸真诚的微笑，其实，西北人也有西北人的"花花肠子"，或许，这就是县委书记的水平和修养。

再讲两件显示杨新平修养和水平的事情。一位与伊宁有生意往来的女老板，甲乙双方发生了债务纠纷，各执一词，久拖未决，女老板辗转找到杨新平。本该通过法律解决的问题，杨新平也很难处理，但人家有本事找到县委大院了，而且还直接闯进了小会议室，想躲也躲不开了。这也是一种"实力和地位"的展示，杨新平只好一脸微笑迎上前去："好久不见，董事长怎么比上次见到还年轻啊！"（杨新平说这年头称"董事长"比称"老板"讨人喜欢）女老板脸还是拉着（人家是来要债的，不是来找点赞的）。杨新平倒来一杯水，又自言自语地补上一句，"你还真别说，不是奉承，董事长真是显得年轻！"女老板也是来请求解决问题的，再矜持也经不住这样的连番"奉承"，看到女老板脸上"解冻"了，杨新平趁胜"追击","感谢董事长对伊宁的厚爱和支持！欠款问题呢，政府帮助协调，我们分管的孟副县长在，他带你到那家企业去当面交换意见，我们这儿正在开会"。有礼有节，一场始料未及，说来就来的狂风暴雨，黑云压城之后，眨眼之间，烟消云散了。伊宁的朋友是当着杨新平的面介绍这段轶事的，杨新平一点儿也不恼，仍是一脸微笑为自己"辩护"，说对女老板谈不上奉承，要化解矛盾嘛，总得说几句好话。还有，伊宁欠着人家的钱是真的，咱们这里还不富裕，发展还在起步阶段，人家肯来做生意、肯来投资，那就是支持我们，就是客人，就得欢迎，就得感谢。还有，与你们分享一条心得，这样的来者不善的客人，一定要热情接待，倒杯水是起码的尊重，很可能一杯水就能化解对方的不快。但要注意，不能全倒开水，要用凉白开或矿泉水兑一下，兑成温水递过去。杨新平微笑着说，这一点很重要，假如你递过去的是开水、假如对方情绪还绷着，"哗"一下泼到你的脸上，你回家后，在太太面前都无法说清楚的噢！

还有一件是关于他请我吃饭的事。两次去伊宁，杨新平都说要请我吃饭，我说不要客气了，我们经常在食堂一道吃饭。他说，不是这种吃法，是要让我坐在他的右座、他要给我端杯酒的那种。我知道，在新疆，县委书记在极其忙碌的状态中抽出时间专门陪你吃顿饭，几乎是不可能的事。所以，对他的招呼，我都报以"谢谢"和微笑，并真诚发出邀请，约他到江苏、到南京来餐叙，那时，他们可以适当放松一下！我还多次向江苏的几位县委书记朋友感慨，同级岗位上，新疆的县委书记最苦、最累、最不好当。自己也就非常理解这位一脸微笑的西北大汉，从不计较他邀我吃饭的"言而无信"。人家与你萍水相逢，见面能记着要请你吃饭，就是一种非常难得的心意。

扯远了点，回到杨新平和张华的促膝长谈上来。南通援疆成为江苏援疆、全国援疆的一道靓丽风景之后，杨新平在某些场合很有几分得意："张华硬是被我从返程的航班上拽回来的！"

杨新平把张华"拽回来"干什么？

2019年7月，一部题为《奋斗》的电视专题片，回答了人们的关切，杨新平、张华联袂书写了一篇更大的文章。

伊宁在历史上的文字记载可以追溯到汉代，在以后的地名沿革变化中，叫宁远也好，叫伊犁也罢，都是作为遥远西北边疆游牧民族居住和屯垦的代名词。偏远、贫穷、原始、落后，一直是贴在伊宁名字上的标签。即使到了20世纪80年代中期，中国改革开放的目标渐趋明朗，推进中国农村的城镇化和中小城镇城市化成为社会共识，可是，由于历史积淀、自然重负、社会沿袭、经济基础等种种条件的制约，从生产力和生产关系的本质变革方面来看，"春风不度玉门关。"北疆伊宁"星星还是那颗星星，月亮还是那个月亮"，农耕、牧耕，依然还是伊宁的主要社会形态，张华2013年底对伊宁的相关调研，就是一份最好的说明。

杨新平张华领衔策划的电视专题片《奋斗》，就是试图用现代文明的力量，改变伊宁这一延续了千年的现状。《奋斗》介绍了伊宁县纺织产业园的过去、现状和未来。从决策到规划，从沙盘到现实，从山村荒地到厂房林立，从建成厂房中的机械鸣唱，到全面投产后的壮观场景，有图、有文、有人、有真相。伊宁县纺织产业园按一区两园的发展格局规划建设，两园，即家纺服装产业园和织造产业园。这项工程3年前开始起步，在产业集聚、促进就业的同时，以专业化、规模化、集群化、市场化的理念，全力推进园区建设、招商引资、招工培训，伊宁县的社会转型和城镇化的推进，将取得前所未有的发展。伊宁纺织产业园区全面建成之时，祖国版图上的伊宁，将会成为一个坐标，成为西北纺织重镇，甚至是中国纺织重镇。

可别小看了这一社会形态的变化，从农业牧业为主，一步跨入4.0时代的工业社会，从农民牧民转换为产业工人，中间越过了农耕、手工、蒸汽、机械、电子时代的数千年社会嬗变，这样的改变是不是可以称得上创造性的弯道超车，跨越式的"奋斗"？

2017年8月启用的家纺服装产业园区一期工程，吸引了9家企业，1800多名员工入驻。2019年年底，二期工程32

万平方米标准厂房投入使用，又有10多家企业入驻，数千名员工实现就业。为了做好新员工的招聘工作，专题片《奋斗》诞生了。根据伊宁县纺织产业园的规划，园区全部建成后，将吸引就业人员8万人。张华一肚子的数字信手拈来，伊宁总人口43.5万，共计99995户，减去在校学生和教职员工10万人，减去55岁以上的老人5万多人，减去已经就业和自主创业的人员5万多人，减去公务员和事业人员1万多人，伊宁还有10多万待业人员，如果伊宁县纺织产业园吸纳8万人就业，就等于平均每户增加一个就业人员，以人均年收入3万元计算，伊宁民众每年至少增加24亿元的工资性收入，而伊宁现在的财政收入每年才5个多亿，想一想，伊宁纺织产业园是不是伊宁富民的"实锤"！

在国家纺织产业的宏观布局中，纺织产业由东部沿海向新疆地区迁移，已是大势所趋，到了越快越好、越早越好的抢位时刻，在张华的调研日记中，有这样一页记载，南通仅如东一地就有数百家纺织企业需要转移，得知这一消息，伊宁县委书记、伊宁县纺织产业园建设指挥部总指挥杨新平，县委副书记、伊宁县纺织产业园建设指挥部常务副总指挥张华，立即赶赴如东洽谈。这是一次特别的行程，历时3天，往返各一天，还有一天的时间全部用于谈判，上午谈、中午谈、下午谈、晚上谈，如今，如东县决定西迁伊宁的数百家纺织企业，有的已经落户成功，实现了预期目标；有的正在紧锣密鼓的推进之中。因此，《奋斗》是伊宁县纺织产业园从无到有的"奋斗"，也是伊宁县委、南通援疆前方工作组帮助伊宁致富的一次"奋斗"，或者可以说是杨新平、张华联袂落实中央富民兴疆、长期建疆的一次带有开创意义的"奋斗"。

《奋斗》像一粒火种，燃起了伊宁农牧民走下山头，走出草原，走向城镇，走向富裕，拥抱美好生活的强烈愿望。《奋斗》像一支号角，领跑了祖国北疆改变几千年社会形态，接轨现代文明的世纪马拉松。《奋斗》注定是一首史诗，记录了祖国各族儿女在一场历史性的弯道超车时的喜怒哀乐。

第八章 麦孜然木·赛甫丁和她的姐妹

《奋斗》是杨新平和张华心灵与心灵碰撞后的火花，这一簇火花引燃了北疆各族儿女改变命运、改变家乡、改变梦想的"奋斗"之火。

先期建成的是家纺服装产业园，1.5平方公里，2017年8月15日开园，9家企业开工，吸引了本地近2000人就业，其中，99%是伊宁县的少数民族农牧民，女性占95%以上。

俗话说，"三个女人一台戏。"众多女工集中在一个园区，又基本上是农（牧）民进城，专题片的内容当然好戏连台。视频的风格非常朴实、非常"原生态"，摄制人员随机选择了不同岗位的十几名员工，就同样的家常话题，请她们如实作答。有口头访谈，有问卷调查。这些问答题包括：以前是什么职业、对产业园有什么印象、一个月收入多少、为什么来这儿工作、怎样看待工资的多与少、去内地培训有什么感受、最令自己感动的一件事、最想感谢的人是谁、来园区就业后最大的变化是什么、几年后个人的愿望是什么等等。

问题问得很"家常"，回答也就"掏心窝"了。这些以前在家抱娃娃、种地、放羊、打零工、当餐厅服务员的妇女，见到话筒后一点儿也不怯场，七嘴八舌，叽叽喳喳，说没想到车间、宿舍、食堂这么干净，以前出门就是走田埂、爬山坡、赶车、牧羊、放牛、骑马，现在上班有车接，下班有车送，车间上楼下楼有电梯，业余时间还学会了玩微信和唱卡拉OK。一位女工获评园区"优秀员工",奖品是一台洗衣机。她说:"获奖了,当然高兴,开始也就是自己高兴、家人高兴而已。后来,产业园把奖品装上汽车,敲锣打鼓送到我们山村,我的感觉不一样了,半个村子的人都跟着车子来到我家门口,我们家比我们新婚时还要热闹,又是散糖,又是递烟,全村人像过节一样。村里一同进厂的姐妹先哭了,激动地说以后要好好工作,也像我一样拿奖,拿大奖。我一下子也激动了,感到自己不知不觉当明星了,突然感到责任好重,我以后要更好地为大家做出样子,这倒不是为了继续拿奖,而是要对得起园区的这份信任。"

当了工人以后什么事最开心?一位女工带点羞涩但十分自豪地回答:"老公向我伸手要钱喝酒的时候!"这位女工说,自己在家是干活的命,大事、小事、脏活、累活,男人可以不沾边,女人一是躲不过去,二是看不下去,那就干吧。家中的一应事情,都是女人干,平时天天干,生病也得坚持干,连生孩子的时候都得干。谈到经济地位,女人走一边去,没门!以前,要买点化妆品,买条沙巾买件衣服什么的,得开口向丈夫和公婆要钱,还得选择大家心情好、气氛好的时候。有时候,对方拿张50元、100元的大钞往地上一丢,你拿了钱,心里也不好受,像捡着了一团火。现在反过来了,老公要喝酒,得看看老婆心情的好坏,心情好,给他手机发的红包大点;心情不好,你申请一瓶酒加一包烟的经费，人家故意只给你80％、90％的赏钱，也让你尝尝窝火的滋味。有位女工第一个月发工资时，给公公婆婆和全家人都买了一双袜子，婆婆抱着媳妇直抹眼泪。

在询问几年后有什么希望时，在伊宁安家、买房、买车几乎是大多数人都打勾的选项，还有就是让子女先进伊宁县南通实验学校读小学、读初中，再进伊宁县二中读高中，然后考新疆和全国最好的大学。为什么在伊宁安家、买房的民调分值超高？除了为子女教育考虑外，还有一个很现实的问题，习惯了使用抽水马桶"解手"、太阳能和电热水器洗澡的女工们，已经不习惯接受山乡毡房的生活起居方式，就连她们的老公也纷纷考虑到城里来"追星"了。有个女性之间的私密话题，我是间接听到的，但是，我信！居家距纺织产业园20公里以外的女工，一般周末放假才能回去，小别赛新婚，年轻人别后相聚，"亲热亲热"是很正常的事情，适应了产业园生活环境的女工，有了全新的生活方式，面对扑上来的对方，要求先去冲个澡，怎么可能呢？这里是山乡，水比油还贵着呢！退而求其次，给对方嘴里塞上一片口香糖……新生活的甜蜜，就这样吸引了无数少数民族青年男女对工厂、对城镇、对明天、对未来的无限向往。

在"几年后的希望"这一栏，有一份问卷上填了"当老板"三个字。从笔迹和其他栏目填写的内容推测，可能是一位维吾尔族的男性机修工，园区管理人员尝试着找他聊天，他毫不隐讳地承认是他的答卷，他还可以回答"为什么"，条件是不要写真实姓名。他说，园区启用前，他们一批30名青年男女被派去南通培训，女生学裁剪、学缝纫，一人一岗，一班6小时，手头总是闲不下来，很具体，很充实。男性机修工就不一样了，拎着个小工具包，这里看看，那里听听，对一个大男人来说，好像有点吊儿郎当的，无聊。后来几天发现，跟班师父在车间里转着"看看"，就能看出问题，蹲下去"听听"，就能听出问题。我们在山头放羊放牛，从来都是躺在草地上晒太阳，牛群斗殴了，先看热闹，打得不行了，再用火把隔开，哪有没事找事干的？再后来，有一次，跟着师父"听"——听出了问题，"看"——看出了险情，师父果断决定部分停机修理，和师父一起把事故消灭在了刚刚露头的时候，避免了可能发生的重大事故，也就是说避免了可能产生的重大经济损失。从那时起，自己认识到了机修工的价值和意义，也明白了纺织企业的厂长、总工为什么多半有机修工的经历。也就是从那一刻起，我有了一个小小的梦想，在园区好好干几年，积累点经验，积蓄点财富，以后有机会，也出去开个厂子，当一回老板。说完，他又很坚毅地补充了一句："一定会的！"

　　在组织伊宁县各级领导干部观看《奋斗》专题片的招工动员会上，一位名叫麦孜然木·赛甫丁的乡镇女干部做了大会发言。家纺服装产业园首期投产后，从田头、山头来到工厂的各族女工多数不能适应，语言沟通、规章执行、人际交往、技术培训等等，都存在不同程度的障碍，园区建设指挥部立即决定，每50名员工配备一名专职协调员，作为员工与厂方之间的桥梁，协调员从在职乡镇干部中抽调，英塔木镇首批招工52人，麦孜然木以协调员身份跟着进了园区。麦孜然木新疆师大本科毕业，原来的工作岗位是英塔木镇团委书记，凭着共青团干部的活力和阳光，知识女性的体贴和温柔，麦孜然木把协调员工作做得有声有色。她的发言多次被掌声打断，我们摘录其中一段：

  家纺园服装产业园首批1800多名员工来自全县20个乡镇，其中英塔木镇52名，女工为主。她们绝大部分都是很少走出家门的农村妇女，文化程度普遍较低，没有一技之长，缝纫技术都是零，不能用普通话交流，组织纪律、学习意识、挣钱意识都很差。

  从进园的第一天起，我就和她们同吃同住同行，无论是在车上、宿舍、车间、餐厅，她们在哪，我就在哪。在车间，我要给指导的师傅当翻译，鼓励员工认真学习生产技能。下班了，我要送她们回到村里，有时还要家访，深入家庭解决问题。

  有时，我是调解员，调解她们的夫妻矛盾、公婆矛盾和企业老板的矛盾、员工互相之间的矛盾。

有时，我是宣传员，在升旗仪式上宣讲园区建设的意义，给先进员工发红包，鼓舞大家的士气。

有时，我是卫生员，我的包里装有头疼、感冒和女性必备的常用药、相关护理用品。

有时，她们家里的庄稼收割，孩子家长会无人参加时，我又成了她们的临时家庭成员……

有时候也感到苦、感到累，甚至有偷偷哭鼻子的时候。譬如，发了工资以后，次日上班，几名员工不见了，人去哪里了呢？我的维吾尔族老乡中，不少人喜欢"今朝有酒今朝醉，明日有愁明日忧"地过生活，今天发工资了，先找地方享受几天去，钱花完了，再想挣钱的办法，再回来上班，脑袋中全无制度、纪律、员工准则的概念和约束。一次发工资以后，深夜两点接到电话，一位伙计醉倒在酒店里，我一个小个子女人对付不了烂醉如泥的壮汉，在出租司机的帮助下，好不容易才将他劝了回来。回到宿舍，天已放亮，这个时候直想哭鼻子，但一想到我的兄弟姐妹是由农民牧民走进产业工人队伍的，他们从田头、山头直接走进了车间、走上了街头，自己见证和参与了这一场跨越千年的革命，作为维吾尔族的中国共产党员，不是一生中的荣耀与骄傲吗？于是，抹抹泪水，冷水冲一把，迎着初升的太阳，又走进了园区，又开始了新的一天！

"春江水暖鸭先知。"一位维吾尔族知识女性以她敏锐的思想触角，深切感受到了自己家乡的变化。

2019年6月12日，在家纺服装产业园区，笔者见到了麦孜然木，麦孜然木有着典型的新疆维吾尔族女性气质，高鼻梁大眼睛，一举手一投足，都像是翩翩起舞的前奏，她说她对南京印象深刻，作为英塔木镇团委书记时，参加自治区团委组织的团干培训班，到南京大学进修过一段时间。我问她是南京大学的仙林校区，还是原来的鼓楼老校区？她说："对、对、对！下公交时喇叭里都说'鼓楼站到了……'"麦孜然木说，南大鼓楼老校区梧桐幽森的林荫大道庄重威严，每次站在大屋顶的教学楼前，都有种神圣的感觉。麦孜然木很谦虚，不肯多谈自己，她说她带我去看两个能干的有故事的姐妹。

麦孜然木介绍的第一位女性叫马菲燕，回族，初中毕业，当初是作为缝纫女工招进卓万服饰公司的，开始的月薪在1000—1500元之间，工种缝纫，简单重复，她有点英雄无用武之地的感觉，毕竟自己是初中毕业，总感到还可以做点"技术含量高"的工作。8个月以后，公司要搞网络销售，她看到公司招聘网络销售管理员的广告，月薪2500元。她找到总经理，说给她一个月时间，她去自费学习电脑后，再回来参加这个岗位的招聘。她已经在公司工作8个月了，熟悉整个生产线的工作流程，也熟悉了公司上上下下的管理规程，如果电脑学习过关，她走上这个岗位，要比从外面招聘的人员称职，起码能提前进入角色。总经理答应了小马的请求，马菲燕电脑学成归来后参加应聘，如愿以偿。现在，她工作时间掌管公司的网络销售，下班时间还经营着自己的"淘宝小筑"，两项收入相加，每月收入超过了5000元。

古力巴哈尔是位维吾尔族大妈，性格爽朗，有点俄罗斯女性的性格，一见面就乐呵呵的，她说她自己没有什么故事，每天就干一件事，为公司生产的学生校服做配套服务，缝校服裤子上的那两条彩边。麦孜然木补充道，缝彩边是项绝活，别人缝，两条彩边要么像蚯蚓一样扭曲着，要么平摊着看还可以，一穿起来就"走样"了，古力巴哈尔的手艺又快又好，校服穿在学生身上平平贴贴，裤腿上两条彩边笔直笔直，合格率百分之百。凭着这手"绝活"，古力巴哈尔的月工资保持在5000元以上，最高月薪达到过7300元。她说，熟能生巧，心思全放到裤缝上去了，收入就高了。

可不要小看了马菲燕的不甘人后和古力巴哈尔的精益求精，这样的故事，江苏的企业可能屡见不鲜，但边疆伊宁的少数民族女工身上能有这样的表现，确实是件让人十分欣喜、十分感慨的事情。

麦孜然木在她的演讲稿中说，她的老乡中，不少人喜欢

"今朝有酒今朝醉，明日有愁明日忧"。政府相关部门对边疆少数民族农牧民就业制定了扶持政策，上岗培训有培训津贴，一家以生产手工足球为主的体育用品公司，登记表上参加岗前培训的人数、每天吃饭的人数都是150多人，培训结束时留下来的只有27人。上岗一周，发工资的次日，只剩下3人。眼看着无法维持下去的时候，剩下的3人中，有一位人称麦耶大姐的维吾尔族女工，不声不响地带回来3位熟练女工。这家体育用品公司在谷底挣扎了一番之后，起"死"回生了，现在有90多人。2020年11月30日上午，我在园区车间里见到了麦耶，问她带回3人时是怎么考虑的？麦耶平静地答道，她在2018年被园区派到苏州培训过，就是学的手工缝制足球，学到了技艺，也看到了江苏人民的现代化生活，真心感到援疆干部的一片真情，只要踏实肯干我们也会过上那样的好日子的。于是，麦耶大姐去找了她的三个缝过足球的姐妹，把她们拉来了，麦耶说不能让帮助我们过好日子的人失望。麦耶现在是这家体育用品公司的管理人员。

园区现在像麦孜然木这样的协调员一共60名，他们的领导叫闫春萍。因为这个身份，闫春萍很忙，手机和对讲机不断响着，她麻利地、有条不紊地处置。大约也因为她有着这种性格和才能，组织上才把她放到这个岗位的。她快人快语，说有什么问题尽管提，她能回答的绝不藏着掖着，但中途每一个电话都得接，每一个电话都有需要立即回答的问题。她说，他们这些人就是像麦孜然木讲的，有时是调解员，有时是宣传员，有时是卫生员，有时还要深入员工家庭做他们的临时家庭成员。闫春萍说，其实，这个"员"那个"员"的工作内容都是后来摸索出来的，刚开始的岗位职责只是翻译协调。外地来投资的企业管理人员，基本上不懂少数民族语言和风俗，而从山乡走出来的农牧民，很少有人会用汉语表达。所以，翻译，应该是协调员的主要任务。可是，后来发现，观念的差异，是难以一下子用语言来翻译和协调的。譬如就业观念，有些女工认为赚钱养家是男人的事，自己到园区是进城看个热闹，顺便挣几个钱买几件衣服，想干就干，不想干就回家；譬如纪律观念，外地有考察参观的客人来了，女工们停下手里的活儿、关掉正在运转的缝纫机，抢在参观队伍的前面看热闹、拍照片……遇上这样的情况，协调员能不急吗？闫春萍说，协调员着急，企业的老板们更急。闫春萍的同事告诉我，有位从事新疆棉花被制造的女老板，一方面被这里的投资环境所吸引，一方面又被这里意想不到的困难所缠扰，去年9月6日来了以后，为了工厂尽快上马，一直没有离开伊宁，或者说暂时走不了了，一个人，租厂房，搞装修，招兵买马，投资创业。一转眼，过去快3个月了，立冬那天，闫春萍亲自在家里包了饺子，请来了女老板，两个年纪相仿的女性，饺子吃着吃着，忽然就泪流满面，这是真正的百感交集啊！

闫春萍是"疆二代"，祖籍河南，父母亲都在新疆生产建设兵团农四师，她生在新疆，长在新疆，看到了新疆昨天的落后，参与着新疆今天的奋斗，与一般人比较，更加期待新疆明天的美好和辉煌。因此，闫春萍说她身上虽然有不少男性的气质，但那是假的，"假小子！"其实，她内心柔软的地方很多。

看到姐妹们工作间隙小跑步为员工取快递，她被感动。看到姐妹们紧紧地抱着员工的孩子打吊针，她被感动！那些原来在家里烧饭、奶孩子的"散养"女人，现在唱着歌、排着队上车、下车。原来随地吐痰、乱丢垃圾，现在吃糖时，把剥开的糖纸放进自己包里，相互说笑不再大声喧哗而是悄悄"咬耳朵"，闫春萍从心底里感到欣喜，最新一代的纺织产业工人队伍，就这样茁壮成长起来了！

女工们大大方方地找到闫春萍，说这个月给婆婆的钱送回家了，还有一份"私房钱"存放闫姐这儿，是给妈妈的。闫春萍欣慰，维吾尔族姑娘出嫁以后，再也不是"泼出去的水"了，这是少数民族人伦习俗方面的进步和与现代社会的"接轨"，婆婆和妈妈一样孝敬！

闫春萍说他们现在还在干一件事儿，拆炕。这件事儿虽然有些不同看法，但闫春萍相信，向文明靠近，是一种进步的潮流。伊宁山乡，过去家中的第一平台，或者唯一平台就是炕，特别在冬天，24小时离不了炕。一家人吃饭在炕上，睡觉在炕上，活动在炕上，待客在炕上，连孩子的学习也在炕上完成。不卫生，不文明，也不安全。现在生活条件改善了，应该告别土炕了，山村里纷纷进行拆炕活动，代之以土制的暖气设备，用上了桌子和床。为了不影响园区的生产，闫春萍他们这些协调员，牺牲休息时间，利用周末，分头去员工家里帮助拆炕。闫春萍说，虽然苦点，虽然累点，但很值得，这是在和少数民族兄弟姐妹一道攀登历史的台阶——今天拆土炕换"土暖气"，明天就会住进纺织小镇的真正的暖气公寓了。

闫春萍的外形和气质，有点像我认识的江苏运动员栾菊杰，前世界女子花剑冠军，高挑干练，剑胆琴心，乍看细高苗条，柔弱女子一枚，一上赛道立马叱咤风云，风生水起。特别是闫春萍谈到少数民族姐妹在文明之路上阔步迈进的时候，眉眼间流露出来的那种收获的喜悦和自豪，让人油然而生一份特别的敬意。

所以，张华在干部动员大会上说，"《奋斗》这部片子，我看了四遍了，每次看，都忍不住要流下眼泪，都会被这些曾经的农牧民，现在的产业工人所感动，都为他们身上那种巨大的变化、甚至是升华而感动！"应该说，张华的感动里更多的是高兴，为少数民族农牧民兄弟姐妹的华丽转身而高兴，他们本来是零技术、零经验，他们在青年的年纪、有的甚至在壮年的年纪，由政府提供培训经费和最低生活保障，学会了本应在青少年时期就应掌握的生活和工作技能。如同见着超龄儿童终于学会了走路和说话一样，尽管还有点跌跌撞撞和懵懵懂懂，让人心疼得流泪，但骨子里全是高兴！

第九章　第一批『吃螃蟹』的企业家

从 2017 年 8 月第一批员工入住家纺服装产业园开始，伊宁县纺织产业园运转已 3 年，特别是经历了新冠疫情的干扰，先期落户的企业状况如何？第一批"吃螃蟹"的企业家们还好吗？2020 年 11 月 30 日，距离上次采访一年半之后，我在风雪中回访了园区。

卓万总经理名叫"兴""华"

伊犁卓万服饰制造有限公司上次来过，总经理王兴华，河北保定人。卓万服饰的主打产品是手套，羊皮手套、毛呢手套、布料手套等等，手套的年生产能力超过了 600 万副，可以算是手套生产王国，也有校服和外贸服装业务。产品主要销往俄罗斯、波兰、土耳其、吉尔吉斯斯坦、乌克兰、英国、法国以及北欧一些国家和地区。2020 年初疫情发生之后，公司在复工之初抢抓机遇，调集精锐力量转产口罩，形成了年产 1500 万片的生产能力。所以，刚一落座，王兴华总经理就报过来一串数字，2018 年产值 5899 万元，2019 年 1.72 亿元，2020 年，受疫情影响，一度停工停产，仍然实现了产值 1.12 亿元的好成绩。王兴华难抑一脸的兴奋，说卓万也受到了美国以"人权"为幌子的无理打压和制裁，但卓万以产品质量走向世界，西方不亮东方亮，2020 年在员工严重缺额的情况下，完成了预定的生产任务和销售目标。

王兴华快人快语，经营思路清晰，讲话坦诚直率，对卓万在伊宁的发展既有冷静客观的现状认识，又有充满信心的前瞻分析。他说卓万在伊宁的3年创业有成功的一面，但还没有达到预想的效果和效益。原因很多，譬如管理成本相对较高，在内地，一个管理人员可以辐射50名左右的员工，在这里不能超过1∶20，因为语言沟通、技能指导的工作量成倍增加。譬如生产箱包岗位人员的培训，在内地一周就能成为熟练工，在这里一个月才能上岗。当然，伊宁也有内地很难做到的优势。譬如，这里的新工人刚从田头、山头走上街头，物质欲望不高，丢了自行车，开上摩托车就行了，不一定急着追求私家车。这样的员工，对企业的忠诚度是比较高的。还有，随着政府服务功能的强大，园区企业的事情，只要找到地方政府，一定有求必应。有时候，你这边向县里求助的电话刚刚放下，园区入口传达室已经打来电话，分管的副县长亲自解决问题来了。产品的交通运输问题，不少地方都视为影响企业发展的瓶颈，而对卓万来说，工厂就建在"一带一路"通衢大道的节点上，向外辐射，对内输送，近水楼台，方便自然。至于美国为首的西方制裁，有些影响，或者说短时间内有些影响，但这个世界很大，世界的市场也很大，王兴华说他的名字"兴"和"华"，好像就是刺激他用来应对制裁的，愈挫愈勇，2021年，他们要重回1.7亿的产值和销售。

华曙纺织的企业文化

新疆华曙纺织科技有限公司是伊犁河谷最大的高档纺纱项目，总投资 8.8 亿元，建筑面积 12.8 万平方米，全面建成后的年生产能力为 3.2 万吨中高档纯棉纱。华曙采用了先进的自动化纺纱系统设备，实现清梳联、精梳自动棉卷输送、粗细络联、自动包装及全流程质量在线检测、控制，产品均为广东、江苏、浙江、山东一带高科技织布厂的订单，年产值 8.4 亿元左右，利税可达 1.5 亿元，可解决 2400 人就业。2019 年 3 月一期项目投产，一期投产时的产能 5 万纱锭，我在 6 月采访时，接待人员称，当年年底能达到 15 万纱锭，也就是总规划设计的半幅产能。陪同的张华介绍，华曙纺织项目投资落成，在伊宁创造了四个最：一是项目洽谈最快，华曙隶属山东恒丰集团，一次与集团老总在另一家企业食堂吃饭相遇，边吃边聊投资意向，伊宁招商局随后追踪山东，顺利敲定此事；二是建设速度最快，生产区、生活区、办公区 12 万多平方米的建筑，一年内全部高质量完成；三是项目规模最大，投资和产出均为目前伊宁县纺织产业园之首；四是设备档次最高，华曙选用的机械和设备，均是瞄准的国际国内同行业的最高水平，部分在国内领先。

领先的不仅仅是设备，华曙在运营管理上也创造了奇迹。曾记得，20世纪80年代，歌唱家朱逢博有首代表作《金梭和银梭》，歌唱的就是纺织工人的火热生活，零乱的记忆中有这样几句歌词：

> 太阳太阳像一把金梭，
> 月亮月亮像一把银梭。
> 交给你也交给我。
> 看谁织出最美丽的生活，
> 黄金时代莫错过。
> 你来织我也来做，
> 织出青春最美的花朵！

歌曲以明快的节奏，鲜亮的色彩，繁忙的景象，为我们展现了一幅动态的改革开放初期的织女图。日月如梭，穿梭如织，就应该是纺纱织布车间永远的视频，可是，走进华曙的大平层纺纱车间，我第一是惊讶，第二还是惊讶！惊讶见不到金梭银梭了？转念思忖，这还好理解，或许，这里是纺纱车间，织布车间才该有金梭银梭呢；或许，纺织机械革命把梭子从传统程序中革掉了。但纺纱车间的人呢？人流如织，不就是形容人多，人多得像织布纺纱的车间一样吗？现在的纺纱车间怎么放眼也见不着人，被喻为金梭银梭的织女织男呢？我后来做了件傻事，列了一道小学数学应用题：

一座纺织厂的面积为127946平方米，厂内2400名工人，分为4组上班，平均每名工人要管理的厂房面积是多少平方米？

答案约等于213.25平方米。也就是从理论上讲，在215平方米左右的车间织机中，才会有1名传统意义上的挡车工（或者是其他如机修工、包装工等），难怪偌大的车间内只闻机杼声，不见挡车人了。车间这一头进去是排列整齐的一包包棉条，自动上机以后，棉条在一台台机器间吞吐，棉条也渐渐由粗变细，变成纱带，变成粗纱，变成细纱，在经过一道道简易分隔的工区之后，大约花了10分钟左右的时间，走到了车间的那一头，原来的棉条都变成了40—80支的精梳纯棉高档纱了。

华曙所属的山东恒丰集团是家大型连锁企业，董事会的高层管理人员流动性很大，很难固定在一个地方坐镇管理，管理者需要了解所属企业员工的最新动态，员工也会密切关注企业领导的思考和决策。这样的情况下，办公室主任就很重要了，伊犁华曙选了一个非常称职的办公室主任章贵彬，章贵彬还是位业余作家，在省级报刊上发表了不少散文、小说，他以作家的眼光和作家的笔触，记录了华曙建设过程中应该记下的东西。因为没有事先预约，2019年6月和2020

年11月,我两次来到伊犁华曙,都没有见着公司的主要负责人,但是,章贵彬建立的翔实的电子档案库,基本满足了我的需要,我也尝试着更换传统的采访模式,从章贵彬提供的"资料夹"中,尽量剪辑一点原生态的东西,与读者朋友分享。

华曙开展的职工文化活动多种多样,别的企业有的,他们有;别的企业没有的,他们也有。

师徒帮带合同,哪家企业都应该有,都会有。但华曙的师徒帮带合同有点不一样,印着汉语和维吾尔语两种文字,透出一分规范和神圣。

不同民族的节日都要纪念,华曙别出心裁,鼓励维吾尔族青年和汉族青年使用不同民族的文字,写自己的父亲,写自己的母亲,一百字、两百字都行。

再来看看华曙内部网站上对一些活动的报道标题:

滚石上山,攻坚克难——公司高管研究部署全年工作
直面不足,真揭"伤疤"——中层干部述职动"真格儿"

"资料夹"中有两条涉及县委书记杨新平的信息:一条是"书记亲临华曙,指导复工复产",另一条是"总经理列席县委全委会,再发力谱写新篇章"。前一条,看标题,一目了然,有可能是原封不动的转载。后一条就不一样了,上

半句"总经理列席县委全委会",我们真应该佩服杨新平这样的县委书记当出了"新水平",特殊时刻的中共伊宁县委全委会,突破常规,请企业家列席,"分忧解愁"——"再发力谱写新篇章",企业对县委的工作意图如此精准理解,这样的企业文化也是够水平的吧!

华曙青年员工中有好几篇像清水、像露珠一样礼赞父亲的短文,选择两篇维吾尔族员工的汉语作文,请君欣赏。

小时候很调皮,每天都在闯祸。我爸又是一个非常严厉的人,教训我时,下手没轻没重,我只好更加调皮,故意气他。

不过有一天,我发现爸爸也有非常细腻温柔的一面;我睡觉总爱踢被子,但从来不会着凉感冒,原来爸爸夜里经常检查,一边帮我盖被子,一边还念叨着:"我的儿子以后要成为男子汉!"

从那以后我就没怎么调皮了,虽然长大没能成为像他期望的什么人物。爸爸说,其实他就是希望我平安一生,像男子汉那样担当责任,我永远是他疼爱的儿子娃娃。

——前纺车间　努尔买买提

如同万千普通父亲一样,父亲默默撑起家,他从不讲大道理,而是用行动教会我们兢兢业业工作,安分做人。

父亲坚毅、刚强，我从没见他哭过，直到我出嫁那天，所有人脸上都挂着笑容，只有父亲脸一直绷着。我起初以为他是什么事急的，到我跨出家门时，他拉着我的手，孩子样的哭了……

此刻，我体会到了父亲的深爱，他一直在默默地爱着我们。今天是父亲节，我早早地给父亲打了问候的电话，父亲虽然连说"不过节、不过节"，但我知道，他接电话时是很开心的。

亲爱的老父亲，祝您永远健康平安！

——前纺车间 眉赫邦·艾力汗

两篇小文的作者，都是学习汉语写作不久的维吾尔族青年，我不怀疑章贵彬有对错字、别字的修改，有对维吾尔族人时序、称呼、事件表达上的订正，但是，这样的情感、这样的生活、这样的表达，不是章贵彬所能"编辑"出来的。章贵彬自己的文字表达也很了得，网站上他执笔的一篇对劳模吐尔逊娜依·于苏甫江的速写，给我留下了深刻的印象。章贵彬用平实的语言，白描的手法，在故事叙述中，让我们看到了一个立体的维吾尔族女劳模：勤奋好学，努力进取；爱岗敬业，任劳任怨；认真负责，敢于担当。第四部分最为动人，写了吐尔逊娜依·于苏甫江乐于助人，无私奉献的几件小事。

吐尔逊娜依不仅工作好，而且有着一颗金子般善良的心。大家都知道她有个很爱她的妹妹，其实，这个妹妹是她在路边捡到的残障幼儿，每天工作完毕，她回家的第一件事就是照料这个妹妹。一次因为加班，回去晚了，妹妹很生气，向姐姐发脾气，掐姐姐胳膊，抓姐姐的脸和脖子。姐姐依旧笑着哄着，喂饭递水。第二天一早，吐尔逊娜依脸上带着明显的伤痕和不易察觉的泪痕，又准时出现在她的工作岗位上。

她的妹妹今年14岁了，脑瘫，但妹妹深爱着自己的姐姐。

在家里，吐尔逊娜依爱着每一个家人。在公司，吐尔逊娜依把每一位员工都当成家人。谁有了困难，她都会送上自己的关心，有时，还要组织大家，送上集体的温暖。在公司工会，记下吐尔逊娜依名字的捐赠已经超过了1000元。

吐尔逊娜依2017年底还是一位维吾尔族农村女娃，现在是伊犁华曙的优秀纺织女工，伊犁哈萨克自治州的劳动模范。

这一节引文多了一点，因为我的阅读中，的确在这三段引文处顿了一顿。我的大学指导老师告诉我，阅读与欣赏，或者写作与研究的过程中，但凡有让你心动的地方，停下来或者记下来，思考一下，"为什么？"你想要的东西可能就有了。这一次，我也思考了，有两点启发：一、各行各业都在寻找自身文化建设的良方，伊犁华曙对员工小事、实事、身边事的日积月累记载，是不是对大家都有所启发？二、我在华曙院子内的雪地上，循着两排四行脚印对章贵彬说，对搞文学创作的人来说，沿着这条路走下去，会有成倍的收获。

"大漠传奇"的大漠传奇

这个标题没有玩文字游戏。前面的"大漠传奇"是商标，一款新疆棉花被的商标，这款取名"大漠传奇"商标的新疆棉花被，恰恰在全球目光都关注新疆棉花的时候，在新疆伊宁县纺织产业园内降生了，这不是传奇吗？

"大漠传奇"的确有点传奇。2019年10月16日，南通援疆工作组和南通市工商联联合举行招商活动，在南通市委统战部副部长、工商联党组书记王虎的全力支持下，向南通的客商发出邀请，欢迎大家带着合适的项目，去伊宁发展、去新疆创业。南通家纺商会当时没有找到合适的商家代表，就临时把副会长陈石羡虾的名字报了过去，商会出于两点考虑：一、她是副会长，会长、副会长的职责之一，就是要轮流参加社会活动；二、她在海门叠石桥国际家纺城也有商铺，让她去看看，说不定能找到商机。就这样，陈石羡虾参加了招商会，哪知道，招商会活动有一系列内容，接下来的11月份，组织与会人员对新疆南疆喀什、北疆伊犁进行了商务考察。商务考察的氛围肯定是非常热烈的，因为考察的成果比较丰硕，特别是在北疆伊宁，陈石羡虾与伊宁县家纺服装产业园当场签下了意向书，投资2000万元人民币发展新疆棉花被产业，双方商定2020年5月入驻启动。

可是，人算不如天算，新冠疫情对人类的滋扰，让地球的转速似乎都慢了下来，陈石羡虾的棉花被项目也暂时搁置了。

趁着这个当儿，我们来梳理一下这位女老板的人生旅程。

陈石羡虾自己说，她是个会折腾的女人，从名字就能看出来，总要捣鼓得跟别人不大一样。她是闽南人，老家厦门，爸爸姓陈，妈妈姓石，她自己从小爱吃虾，就有了这么个名字。她的微信名叫虾米姐姐，我曾对她说，自称姐姐不好，汉语一般讲究尊称别人为兄、姐，自称"姐姐"有点老气横秋。她听后哈哈大笑，说："周老师有所不知，闽南话中的姐姐是多和很多的意思。我喜欢吃虾，不要多一点吗？我是做生意的，不要朋友多多、生意多多、发财多多吗？"说完，又是哈哈大笑。陈石羡虾说，她还有一多，捣腾的行当多，而且，捣腾新行当之后的店面装修、柜台布展等，全是自己动手，她说她从小学习成绩一般，但美术手工很好。在厦门刚出道的时候，她从进口食品、日用百货的销售做起，做大以后，由门店零售开始批发。2016年，从厦门跑到海门，在叠石桥国际家纺城做起了四件套的床上用品生意，叠石桥的营商环境吸引了她，据统计，叠石桥的纺织产品物流，占了国内市场的70%，国际市场的40%。她在这里置房置业，把厦门的生意委托别人管理，自己一家在海门住下来了，经营品种也扩大到代销一点新疆棉花被。所以，也才有了她向往已久的新疆之旅。

熟悉陈石羡虾的人，说她天生是个经商的好手，一是商业嗅觉敏锐，二是看准的事情，她会拼命去做，而且，要么不做，要做就一定要做出点名堂。就拿拍板投资棉花被生产来说，她来新疆考察，本来就是一般的随团参观学习而已，但是，因为她在海门也经销棉花被，而且商标上也是标的新疆棉花被，但是在新疆，这儿的棉花被与海门的新疆棉花被，感觉太不一样了，一把抓下去，好久好久舍不得松开手，那个柔顺、舒适、松软，就像新妈妈出差归来，抚摸着自己孩子的光滑肌肤，久久不愿松手！这才是新疆棉花呢，这样的棉花制作出来的被子，才是真正的新疆棉花被呢！就像在新疆吃哈密瓜和在海门吃哈密瓜，是截然不同的两种享受。

此时不投资，还要等何时？签！2000万的项目投资说签就签了。

好事多磨。因为疫情，2019年11月签立的协议，租赁的厂房原本2020年5月交付使用，直到2020年10月25日，陈石羡虾才验收进驻。她早就急得等不了了，9月2日，中秋节，她潦草地与家人团聚了一下，收拾行囊，于9月6日飞到了伊宁。

按照陈石羡虾的行事方式，她以前新换场地，置办家当，都是要自己动手的，这次例外，因为要赶时间，抢速度，她找来了几家装修公司，想比较之后招标，结果，三层厂房，5500平方米，最低的装修报价120万元，是她自己测算以及后来实际费用的3倍。窗帘甚至超过4倍，她认为7000元可以解决了，报价却是2.9万。陈石羡虾的犟劲又上来了，把她在海门一道打拼的小姐妹郑娟调了过来，自己购买装饰材料、自己到装饰市场去招聘工人，姐妹俩自嘲，她们自拉自唱。

从9月6日至12月2日下午5点，历经87天，从厂房验收、装修设计和施工、生产设备安装调试、新员工的培训，直至原料、辅料的采购和配发，第一条"大漠传奇"牌新疆棉花被下线了。这本来应该是个振奋人心、激动人心的时刻，那天我正好也在现场，我刚想喊："此处应该有……饺子！"但一看现场出奇平静，可能因为大家都太累了，他们选择静静地看着一条2.4米幅宽的"大漠传奇"棉花被传奇般地诞生。我只好咽回已到喉咙口的话，就势把手伸过去深深地抓了一把，我从没有盖过新疆棉花被，那种感觉的确很特别，很特别，我也不想多说了，多说了有广告之嫌，我只想告诉大家两点，有兴趣的朋友可以循着这个商标去购买，我以亲眼所见证明，大漠传奇牌棉花被，是100%的新疆棉花。另外，我做业余功课时发现，新疆棉花和新疆棉花被，还与我们宋代的江苏老乡黄道婆有一段关系。

想起黄道婆是从见着郑娟开始的。

郑娟也不是一位平凡的女性，身上值得刮目相看的地方不少。她说她母亲是搞服装厂管理的，自己中学毕业后就跟着母亲干起来了。转折发生在儿子18个月的时候，她有一个去日本服装企业研修的机会，这一去，开了眼界，回来以后就不安分了，先在一家日资企业做管理，后来想着，世界这么大，我要去走走。趁年轻时多补充点知识，以便将来更好地应对变化的世界。在深圳一边打工，一边参加各种各样的培训，也不管哪门今后有用，哪门可能听过以后就"还给培训机构"了。后来，有次回海门时与陈石羡虾走到了一起。

郑娟说她是从对陈石羡虾的店铺招牌开始对她产生好感的，"简宽床上用品"——"简宽"，简单，又有宽度，好！既有弹性，又有诗意。于是，加入了简宽。我问郑娟，她在简宽的头衔是什么？郑娟回答了3个字："不需要！"随后又补充了 3 句话："工作着，快乐着，成就着。"一脸坦诚的微笑。她说她喜欢"3"，连家庭成员都是 3 个，丈夫搞建筑管理，儿子在河北读大学，三口人分居三地。我后来臆测，以郑娟的气质、修养和身材，如果在舞池，她肯定是三步舞高手、中三舞曲的池中皇后。她偏爱"3"，3 个字一句话，3 句话一停顿，蓬嚓嚓，蓬嚓嚓！不疾不徐，圆润的华尔兹。郑娟连微信封面图片都是 3 朵睡莲，而她的微信内容，一多半是她称为"慢心语"的三行诗：

> 行李已经整理好
> 尽管你说舍不得离开
> 可你必须出发、前进！

这大约是写给儿子的，门口有一只拉杆拔起来的行李箱和一双男式皮鞋。

> 你不必生来勇敢、天赋过人
> 只要能投入勤奋、诚诚恳恳
> 慢慢理解世界、慢慢更新自己！

这肯定是写给有了思想疙瘩或工作上遇到不愉快的同事的。

你这样任性
　　有没有考虑过
　　我的心情！

　　配图是一台微型体重秤，和一个乐不可支的微信表情。这应该是写给对体重增长太"任性"的自己的了。

　　我在翻看郑娟的微信朋友圈时，看到这儿也乐不可支，人能这样活着，多好！于是，我想起中国纺织界的一位前辈老乡黄道婆。

　　现在的史书称黄道婆为上海人，没错，上海郊区松江县。但是，黄道婆所处的宋末元初还没有上海，那时的松江县在江苏或江南府的版图内。不过，这不要紧，中国历史上名人籍贯的官司多了去了，我以为，在中华文明的大前提下，甲地乙地，A省B省都不要紧。我想起黄道婆的是，史学界忽略了老人家的一个重要身份，科普诗人或儿童文学作家。黄道婆本是松江县的一名童养媳，因为活泼聪颖，开朗大方，公婆对她很不放心，倍加虐待，黄道婆一怒之下，搭上一条商船，流落到海南琼州，也因此把长三角地区的纺纱织布技艺带到了海南。相对于长三角文明而言，那时琼州海峡一带的黎族同胞，还处于"刀耕火种"时期，因此，黄道婆发挥了自己的特长，以歌谣和顺口溜的形式，传授生产技艺，黄道婆驾轻就熟的就是三行诗，以至于海南和上海松江现存的黄道婆史料中，当时的民众怀念黄道婆的歌谣，也还是一首三行诗：

  黄婆婆，黄婆婆
  教我纱，教我布
  两只筒子两匹布

  这本介绍黄道婆的书，我是在少年时期读的，印象中比较深的还有，黄道婆向世人"科普"：棉花其实不是"花"，是果，是花凋谢后的果实——棉桃（也叫棉铃）里保护种子的絮状纤维。这种絮状纤维经过加工处理后可以纺纱织布，是世界上重要的纺织原料。黄道婆到了海南后发现，琼州海峡一带的棉花，当时还处在木本阶段或木本向草本过渡阶段，木本就是现在仍然存在的木棉树，越南语、缅甸语的字典里还有"棉花也称木棉"的词解，那时的"棉桃里保护种子的絮状纤维"较硬，纤维较短，韧性不足，织不出布，只能织成相对粗糙的"绵"，云南西双版纳一带现在还有这样的"桐锦"。黄道婆的功绩之一是推进了海南棉花由木本（树木状，多年生）向草本（植物状，一年生）的大幅改良，使长三角的织布技术在海南成了现实生产力，同时，她又把改良后的海南棉花，带回到气候更为适宜棉花生长的长三角地区，使长三角地区的棉花质量和棉布质量，取得了引领当时世界潮流的突破。黄道婆一辈子为探索纺织技术而生，也为推广棉花种植改良而生，后人尊奉她为"织女星"的同时，也尊称她为"先棉神"。有历史记载，宋末元初，中国东西方物流活跃时期，黄道婆把自己在长三角改良成功的优质棉籽，交流到了新疆，在吐鲁番地区试种并取得成功。因此，今天的新疆棉花中当然应该有宋代黄婆婆的"遗传因子"，"大漠传奇"的新疆棉花被中也有与黄婆婆的丝丝缕缕关系。

关于"大漠传奇"，我还想再补充两点。

在上一章，《麦孜然木·赛甫丁和她的姐妹》中，笔者介绍了家纺服装产业园协调员的负责人闫春萍，大漠传奇第一条新疆棉花被下线的时候，闫春萍也在现场，我想喊出"此处应该……有饺子"的原因，就是因为一眼瞄到了闫春萍和陈石羡虾；我欲言又止，也是因为一眼瞄到了她俩心情激荡下的表面平静，想叫出声的一刹那，我猛然想起这就是那两个立冬吃饺子，吃着吃着双泪长流的女人，所以，我欲言又止，害怕一声"此处应该……有饺子"的呐喊，又会不合时宜地引来一阵稀里哗啦的女人的眼泪。再想补充的一点是，大漠传奇是集体智慧的产物，也是多民族心连心的结晶。大漠传奇的Logo很现代，很时尚，很西域，又很古典。

我问是谁设计的？陈石羡虾居然说不出一个代表性的主创人员，创意来自方方面面，有县招商局负责人的倡议，有园区其他商标的借鉴，有自己的想法，有姐妹的指点，还有杨新平、张华、张迎春、徐新等人你一言，我一语的修修改改。大漠传奇从厂房验收、装修设计和施工、生产设备的安装和调试、新员工的招聘和培训，到第一条新疆棉花被下线，一共87天时间，这是一个"伊宁奇迹"，只有伊宁县家纺服装产业园才能创造的奇迹，是一种真正的伊宁速度。这一伊宁奇迹的背后有很多精彩故事，别的不说，单说新工人的招收和培训吧，正常企业的兴办中，87天全部扑在招工和培训上面也难完成。这里要说一说南通的三润服装了，三润服装是2017年开园时从南通引进的"全国百强服装企业"，实力雄厚，品牌响亮。企业在伊宁招收了员工300多人，开业时红红火火，产品主要销往国外和国内一线城市，都是品牌产品。因为是品牌服装，有时漏一针掉一线也不行。伊宁全部是新员工，产品合格率偏低一直是个痛点，工厂的产能一直上不来，由于"水土不服"，利润倒挂，一年多以后，伊宁三润倒闭了，成熟的工人跟到了南通，大部分当地女工返乡了。大漠传奇落户伊宁，准备招收工人时，闫春萍、麦孜然木找出三润服装的花名册，一通电话联系，百名缝纫女工迅速集结了，做服装的改为缝被子，虽然有点"大材小用"，但对她们来说却是驾轻就熟，87天书写了伊宁奇迹。现在的厂长和分管质量把关的副厂长，都曾经是三润的员工，而且都是维吾尔族女性。厂长沙比热木·铁木热，36岁，喀什师范大学毕业，以前在伊东的一家陶瓷企业工作，因为热爱，三润在伊宁招工时，她跳槽了，作为36名少数民族员工的一分子，去南通学会了服装制作和生产管理，伊宁三润撤离时，她跟着去了南通。这次回来，她成了技术骨干，由于能力、经验、才干出众，她很快被任命为厂长，沙比热木·铁木热现在是园区唯一的维吾尔族"一把手"女厂长。副厂长热孜宛古丽·艾则孜也是位维吾尔族姑娘，今年只有25岁，管生产，管质量。热孜宛古丽伊犁师范学院毕业后做过医务工作，厂长沙比热木说，热孜宛古丽现在是她的得力帮手，为了工作，基本吃住在厂里，周末才回乡下看一下家人。

我曾犹豫，要不要写出南通三润服装的名字，征求张华意见时，张华反问，为什么不能写？第一、这件事反映了南通企业家的务实，企业有援疆的责任，但更有赚取利润的天职，"水土不服"，利润倒挂，要遵循经济规律，该撤离就得撤离；第二、这件事也反映了南通企业家的无私；三润撤离伊宁时，把愿意去南通的维吾尔族、哈萨克族等少数民族工人都带走了。大漠传奇在伊宁兴办棉花被厂时，南通三润不仅提供了技术支持，还动员了部分伊宁女工返回家乡助力。三润为了撑起伊宁的工厂，花了巨资培训员工。三润的"吃螃蟹"另有一番滋味，从园区的整体新生和发展来讲，三润代交了一笔有着多方面意义和价值的"学费"！

飞腾吧，纬纶纺织

我是在雪后的一天下午走进纬纶纺织的，掀开门帘，大厅正面墙上"纬纶纺织科技发展有限公司"中的"科技"两个字，一下子引起了我的注意，纺织公司要冠以"科技"的帽子，想必有什么玄机。

纬纶纺织的总经理周强很健谈，一见面就被他逗乐了，他说他叫周强，"疆二代"。他说他的名字很好记，你的朋友中肯定不止一个叫周强的？我笑了，我说我的微信朋友圈中就有"周强N"和"周强H"，这下又要加上"周强X"了。我笑着要求，关于"周强"的趣话今天就不谈了，多介绍点你作为"疆二代"，是怎么走上这个岗位的吧。他说他是父母援疆后，在石河子出生的，大学毕业后，先是在石河子的纺织企业工作，还算干得不错，但经不住"诗和远方"的诱惑，2013年跑到了苏州打工，在苏州的新加坡工业园区，对什么是现代工业、什么是先进制造业、什么叫国际经济大循环，他有了较为深刻的理解。在苏州，他与南通的江苏润通集团有了业务上的交往，2018年，润通集团要在伊犁投资兴建纬纶纺织公司时，他参加了应聘。就这样，他在万里之外的江苏苏州、南通"实习"了5年，又受江苏润通集团董事长、也是纬纶科技的董事长冒国平的委托，从"远方"回到家乡"写诗"——担任了伊犁纬纶纺织科技有限公司的总经理。

我问公司的名称里为什么要加"科技"两字？他应道："走，到车间看看就不用讲解了"。一进车间，我站住了，也愣住了，这是一座比华曙的车间还要宽大很多的空间，起码在视觉上是这样，周强肯定看出了我的惊讶，问道："想知道车间面积吗？直观点说，相当于50个篮球场，或者接近3个足球场（标准足球场7140平方米），这个车间的面积是20800平方米，现在有60台JA—93喷气织布机在工作。纬纶的'科技'两字，主要就体现在喷气织布机上，这种型号的喷气织布机在当今织布机械中的位置，国内第一，国际领先，坯布幅宽2.8米，依靠一流的科学技术，能够低成本产出高质量的成品布。华曙是纺纱界的翘楚，纬纶是织布界的一流。60台织机，一天的产量就是1.4万米坯布。"周强介绍，纬纶纺织，是纺织产业从中国东部向西部迁移的第一家，也是最大的一家，董事长冒国平是纺织之乡如东的纺织协会会长，他要做中国纺织产业西迁第一个吃螃蟹的人，为后来者试验，为后来者探路，为后来者打造样板。东部地区招工难、运营成本大、行业竞争激烈、债务链条长、风险隐患多等纺织产业特有的困难，在伊宁基本都解决了。电力、运输、用工、厂房租金等方面的优势，使每米坯布的成本比内地降低了22%，约合人民币0.57元，也就是伊宁相对于南通来说，纺织产业的规模利润提高了22%。正是这一看得见，摸得着的可观利润空间，促使有关部门从产业规模、生产效率、市场竞争等角度考虑，设定了纺织产业西迁的"门槛"，西迁不是落后产能原封不动的简单转移，不是东部中小企业零零碎碎的铺面搬迁，而是适应时代发展，实现产业升级的凤凰涅槃——纬纶纺织嵌入"科技"二字，其导向和标杆意义也就不言自明了。

周强介绍，伊犁纬纶的一期投资是1.2亿元，安装JA—93喷气织布机300台，年产家纺坯布2500万米，创造就业岗位300个，创造产值2.5亿元，因为新冠疫情的干扰，原定2020年一期工程到位的计划，在进度上受到了影响。2021年5月25日的电话中，周强说，纬纶现在已经开机102台，今年年底，至少开机200台。公司完成产业西迁的目标是8幢厂房（相当24个足球场的面积），2400台织机，就业人数2200人以上，年产值24亿元。远期目标是24幢厂房，一万人就业，80亿元的年产值规模。并且，纬纶纺织要在参与伊宁现代化纺织小镇建设的同时，将自己打造成全球最大的家纺坯布生产企业。

去过伊宁、去过伊犁纬纶纺织科技发展有限公司的人都会相信，纬纶科技的明天不是梦！

所以，我给周强发了信息：飞腾吧，纬纶纺织！

健骅纺织的蒸汽终于在零时开通

和纬纶纺织一样，健骅纺织也是一家科技型的由大型喷气织机组成的纺织集团，一次性签约投资6亿元人民币，864台喷气织机，创下了当时全疆单体企业喷气织机规模最大的纪录。

健骅纺织在伊宁落户的过程，可谓山重水复，一波三折。董事长李建华介绍，他们企业的总部在如东县马塘镇，县政府要求如东的纺织业抓住机遇，向西部转移的时候，他们真心想到西部发展，但因为规模和投资太大，总是迟疑不决。有时还担心高科技项目在边疆地区的适应问题。还有，私下打听，西部地区的园区虽然优惠很多，但各地做法不一，总感到不是这儿有不能满足的地方，就是那儿的缺憾无法弥补。自己有时也打退堂鼓了，甲地、乙地和丙地的自然条件不太一样，优惠的条款也就不尽相同，总不能冒出个丁地，把甲地、乙地、丙地的优惠叠加起来，全部给你？所以，健骅纺织多次派员在新疆和西部其他地区转圈考察，转来转去，还是继续蹲守在如东马塘。

事情的转机发生在令人难忘的2020年春节。这个春节令李建华难忘，不仅仅是健骅纺织品有限公司6亿元的投资项目柳暗花明，而是在新冠疫情山雨袭来，华夏大地都感受到覆巢危卵的生命威胁的时候，南通援疆前方工作组副组长张迎春登门拜访了。

张迎春原是南通市市场监督局副局长，2019年12月，被任命为南通援疆工作组副组长，兼任伊宁县委常委、伊东工业园区管委会主任，以法人代表身份，负责园区的招商、建设等各项工作。张迎春说，他一到伊宁，就被杨新平和张华他们全身心投入工作的精神感染了，想尽快熟悉岗位，熟悉业务，可偏偏在工作刚刚起步，回南通过春节的时候，遇上新冠疫情，各地实施了相应的防控措施。就是在这个时候，张迎春听说了李建华有意进疆，举棋不定的事情。于是，一番长谈，张迎春知道了李建华对新疆投资环境的向往，也知道了他对新疆投资政策的顾虑；知道了健骅纺织扩大投资谋发展的迫切，也知道了李建华还没有对伊宁县纺织产业园的深入了解。耳听为虚，眼见为实。华东至新疆地区的航班刚一恢复，张迎春就在第一时间邀请李建华来到伊宁，实地考察伊宁县的治安、营商环境，考察产业园的高标准厂房、配套设施。张迎春不仅陪同李建华一行在伊犁州看了个遍，还以普通客商的身份，和李建华一起考察了南疆的阿拉尔市、图木舒克县等地，站在第三方的角度，和健骅纺织一道分析比较伊宁投资环境的优势和不足。考察结束之后，李建华的团队回如东总结策划去了，张迎春回到伊宁，把在新疆其他地市搜集到的招商引资"大全",向县委常委会通报,说服大家在政策允许的前提下,尽可能解放思想,优化营商环境,加大引资力度,伊宁原有的优惠条件要坚持,伊宁没有、人家有的,尽可能参照执行。这就等于应了李建华的一种"奢望":冒出了一个"丁"地,甲地、乙地、丙地有的优惠,丁地全部都有。消息传到如东马塘,如东健骅立刻回应了12分的诚意。张迎春告诉我,一期投资6亿元的伊宁健骅纺织品有限公司的注册手续,他是带着伊宁的团队赶到如东,在网上远程登记完成的。

回忆起健骅纺织落户伊宁的一幕,张迎春和李建华胸中都激荡着一股惺惺相惜、相见恨晚的英雄情怀。毕竟,这样的牵手,是在不少人寻求"躺平",什么事都不想干,什么事都干不了的背景下完成的。所以,双方都非常珍惜这样的相遇,都在争取一切可能,把因疫情耽误的时间抢回来。李建华提出2021年4月试机,7月中旬全面投产。张迎春在纺织设备供货遇到困难的时候,从浙江大学的培训班上放弃回家探亲的机会,直飞青岛天一红旗纺织机械集团协调解决。工业空调供货受疫情影响不能发出的时候,张迎春又亲赴江阴精亚空调总部,现场求助。

织造是一个繁复的使纱线受力运动的过程,为了防止或减少纱线在织造时产生断头,提高工作效率,需要将纱线提前用浆料进行处理,用浆纱的工艺来增加纱线的强度。而浆纱需要蒸汽，也就是说没有蒸汽，就无法浆纱；没有蒸汽，就无法纺线；没有蒸汽，就无法织布。没有高压气流，所谓的喷气织机只能是钢铁一堆；所谓的高科技，也只能是纸上的神话。2021年7月中旬到了，健骅纺织试车时，蒸汽管道里没有气流喷出，汩汩流出的是冷凝水。李建华说，听到消息的张迎春赶到了现场，平时温文尔雅的一位领导干部，变成了一头暴怒的雄狮，他看到张迎春拍了桌子，看到张迎春甩了东西，也看到张迎春趴在地上一节一节检查管道，还看到张迎春觍着脸递烟请求施工队伍——因为，施工队伍是当地的"品牌"，但即使是当地的"品牌"公司，也未必那么明白，埋在地下的管道是织造工厂重要的"动脉"，就像健康人的血管一样，不能有杂质、垃圾，更不能有致命的"斑块"。否则，高压下的气流一旦遇堵，就会在异常的压力下冷凝成水，输气管道就成滴水龙头了。蒸汽异常的问题找到以后，张迎春和施工队伍一起，一个阀门一个阀门重新调试检测，一节管道一节管道按设计要求进行吹扫，当排查进行到最后一幢厂房的最后一节管道时，阀门打开，仪表上的蒸气压力达到了设计要求。张迎春下意识掏出手机，屏幕显示是预定开工之日的清晨零点。

张迎春笑了，身高1米86，47岁属虎的"型男"张迎春傻傻地笑了，皮肤白皙的张迎春笑起来的时候，还有两个漂亮的酒窝。写到这里，我想起南通市委组织部副部长张莉的一句"闲来之笔",张莉说南通选派的援疆干部性格都很好,像张迎春,阳光帅气,头发自然卷曲,去新疆两年,把维吾尔族人的礼貌开朗又学回家了,回来见面时,总是先给对方送上一个大尺度的脱帽鞠躬礼。张迎春的性格好到什么程度?举个小小的例子,2019年12月6日,他突然收到南方航空的一条航班信息:"尊敬的张迎春旅客,您搭乘的12月18日的航班南京乌鲁木齐可提前选票……"张迎春纳闷,援疆的信息不是才在"吹风"阶段吗,怎么一下子就出发了?张迎春二话不说,先开始收拾行囊,然后才接到了组织部的正式通知。他向张莉部长印证此事,张莉笑着说,是的、是的!多半是我们的"疏忽",多半是组织上对这批干部的信任。"信任!"张莉又强调了一遍。

健骅纺织的管道蒸汽零点开通的那一刻,张迎春有没有给通宵奋战的战友们来一个大尺度的脱帽鞠躬礼呢?

第十章 多情的土地，多情的你我

伊宁二中的生物老师毛月美来自南通二甲中学，他们也食住在援疆楼内。毛老师说，"五一"、端午、国庆、中秋，住在楼内的干部、医生、教师和援疆战线的各路人马，都会以不同方式举行一次节日联欢。远在他乡，这样的联欢，是一种难得的交流和放松，大家既期盼着，同时，又像害怕碰到伤口一样，忌讳一些心知肚明的敏感话题。可是，人的情感就是这么复杂，你千方百计想绕过的怪圈，鬼使神差，偏偏在你的脑海、在你的眼前一幕幕浮现。譬如唱歌，是哪一种联欢会都少不了的娱乐形式，援疆楼的同志们都喜欢张华的《和你在一起》，那就唱《和你在一起》吧：

　　点点滴滴，风风雨雨
　　每个朝夕都变成了回忆
　　美丽的草原让我遇见了你
　　火一样的热情和真心真意
　　……

唱着唱着，班上的哈萨克族女孩浮现在眼前，"老师，我要送您一样礼物！"说着，从书包里掏出一根狗尾巴，"插"在自己屁股上摇头摆尾起来。在你差点被吓着的同时，又忽然忍俊不禁，大笑着也跟随节奏扭起了屁股。

唱着唱着，一位东乡族的小男生蹦出脑海，那天是周一早晨，他周日刚从山乡返校，怯生生地递上一袋杏子："老师，很甜，我家院子里的，我妈让我带给您，说一定要看您吃上一个！"哪知，一口咬下去，酸出了眼泪，但向学生讲出来的，是发自内心的"谢谢，也谢谢你的爸爸妈妈"！

"真的要感谢这些纯朴、天真、善良的孩子们，用这样的方式向老师、向亲人表达情感，在我们内地，久违、久违了！"毛老师说，她唱着这几句歌词的时候，还勾起了自己的另一件伤心事情，上次回南通探亲，6岁的儿子很男子汉地叫了"妈妈"以后，把两岁的妹妹向前推，让她过去亲妈妈一下，女儿一边向后躲，一边大声嚷嚷，"不要、不要，手机里才有妈妈！"显然，毛月美出色履行了作为援疆教师的职责，但不是两岁女儿生活中的合格妈妈，两岁孩子的心灵世界里，妈妈只存在于手机里的视频中，身边这么一个大活人不是记忆里的妈妈！

"这样的歌唱，你说，怎能不是歌声起伏，泪水长流呢！但是，联欢会就像是加油站，唱过哭过之后，大家又精神抖擞地奔向了各自的岗位。而且，似乎谁也没有认真反问过自己，是多情的土地爱上了自己，还是自己深深地爱上了多情的土地？"毛月美老师说。

"爱上伊犁，是从雪开始的"

2020年11月26日，为完成此次任务，我第二次来到伊宁的时候，正赶上入冬的第二场大雪开始降落。到达的当晚，徐新说，他看了天气预报，南京当日最高温度15℃，而伊宁白天温度已经零下10℃，温差25度，今晚喝点小酒，解乏、御寒，都是几位老朋友，私下聚会。

小酒馆就在百米之内，走过去时雪下得不大，但回来时大雪伴随着大风，向前移一步也觉得艰难，相互拉着手，才费劲地穿过了20多米宽的马路。伊宁的雪很有"人情味"，一圈一圈的老是围着你打转，不坠落，也不飘走，在街头站定之后，手机拍照、拍短视频不忍收手。大雪中的伊宁街头还有一景，扫雪机或曰吹雪机一路轰鸣。这种机械既有铲除、收集积雪的功能，又有在机场见过的烘雪机的魔力，释放热效应快速溶化刚落下的雪花。见我在夜雪的街头不肯回去，徐新说，明天给你介绍一位与雪有故事的人，她说她爱上伊犁就是从爱上伊犁的雪开始的。

徐新推介的与雪有故事的人就是潘晖医生，本书第六章里有介绍，维吾尔族脑瘫少女夏力潘喊她"妈妈"的那位心电图医生。潘晖说，她爱上伊犁的雪很偶然，2016年12月第一次来新疆、也是第一次来伊宁，参加了对全县43万人的全民体检后，伊宁朋友举行火锅晚宴，为他们送行。那天下雪了，进饭店时，雪刚开始下，雪花飘飘洒洒，在路灯的辉映下，感觉雪花很大，晶莹透亮，美得让人不想挪动脚步。主人一再催促，进店后在火锅旁坐下，心思还在窗外的雪花。那是场送别的晚宴，我们完成的又是伊宁历史上第一次对43万人的全民体检，气氛自然热烈，时间自然超长，等到我们从火锅店出来的时候，哇，那一份惊奇，是从未见过的冰雪世界，也就是三四个小时的时间吧，地面、房顶、路边的车上，都是厚厚的积雪，能够分出标高的地方，好像一下子全部增长了足足20公分。还有一个特别之处，伊宁的雪好像是从四面八方同时下的，漫天皆白，满地皆白，不像江苏的雪总有背风的一面，总能见着"阴阳"的世界。眼睛只顾着看雪，不料脚下一滑，整个人仰倒在雪地上，这一跤印象特别深刻，一是感觉跌在松软的地毯上，二是手往身下一摸，伊宁的雪全是干的，不像在海门、在南通，一跤跌下去，全是泥水、雪水。所以，同行的女医生伸手来拉我的时候，我顺势一用力，把她也拉倒在我的身边，这一拽，拽倒了两位，我告诉她们，身下的雪是干的，于是，三个疯女人索性在雪地上滚了起来。哪知道，闹声、笑声、叫声，不仅引来街人的聚集，也引来了值勤交警的关注。我们这才发现，风雪之中，交警还在已经看不到斑马线的地段照应着过往行人的交通安全，为了摆脱尴尬，我们赶紧从雪地上爬起来，也加入风雪中搀扶老人儿童过街的行列，义务服务到行人渐少的时候，我们才回到了宾馆。

回到住地以后，潘晖趴在窗前看雪，久久没有睡意。她说她想到了那个不能在雪地上打滚的维吾尔族脑瘫女孩夏力潘，她也是在那一刻决定要寻找援疆机会，再来伊犁，试图为夏力潘也能在雪地上打滚做点努力。

机会出现在2019年3月，南通选派新一轮援疆医生的任务下达后，潘晖千方百计地"挤"了进来，也就有了第六章的故事，"一次全民体检引出的'母女相认'"。

"母女相认"的故事发生在2019年6月，2019年冬天大雪封路、大雪封山的时候，爱雪的心电图医生潘晖可没有以前那么浪漫了，她成了伊宁县心电图检查方面的"一号专家"，伊宁县人民医院、伊宁县中医院、伊宁县妇幼保健院乃至全县14个乡镇医院共同享有。随着现代医疗诊断技术的发展，心血管疾病诊断、脑血管疾病诊断以及一般性手术治疗前的身体症状参照，心电图都越来越起着不可忽视的依据作用。那些弯弯曲曲的线条，你看着是流动的波浪，似跳跃的蝌蚪，但潘晖能看出线条间潜藏的隐疾，蝌蚪跃动中预示的凶兆。当然，中医诊断讲究手把手的望闻问切，西医检查也需要面对面的医患交流，大雪封路的时候，大雪封山的日子，心电图专家就不容易赶到现场向病人问诊、参与诊断了。2019年的冬天，又紧连着新冠疫情肆虐的春天，潘晖趴在窗前，望着纷纷扬扬的大雪陷入了沉思。怎样才能在大雪封山的日子里，让全县的心电图诊断，也能像视频手术治疗一样联网呢？那样，即使将来自己回江苏了，联网诊断也可以凝聚大家的智慧，迅速做出正确诊断。方法是有的，关键在落实，困难在坚持。潘晖把设想形成方案报给卫健委之后，很快得到了回应。县人民医院、县中医院、县妇幼保健院先行试点，试点成功后，在微信群开通每周一课的培训，如今，全县有心电图仪的医院已全部参加了进来，微信群超过了200人。潘晖也借这个机会，走遍了伊宁全县，或者准确点说，走遍了全县有心电图检查设备的地方。可不要小看"伊宁全县"的地域含义，"不到新疆不知祖国之大"，伊宁县面积6523平方公里，接近南通市全境的面积，多半是山地，而且，2020年春夏期间，受疫情影响，"走遍伊宁"是件不容易的事情，尤其不容易的是，为了心电图诊断全县联网项目的建立和正常运转，本该2020年9月援疆到期的潘晖放弃了返乡，第三次申请留在伊宁的援疆医生队伍之中。

"这不很好吗？第三次援疆，让我有了第三次欣赏雪原林海的机会！"一谈起雪，潘晖的精神为之一振，滔滔不绝起来。

潘晖说，在伊宁她才理解了《白毛女》中"北风那个吹，雪花那个飘"的意境，南方的雪飘不起来，水分太重，在伊宁，关了房间的灯，借着窗外街灯的余晖，隔着玻璃看雪，你能看清雪花忽左忽右的平行飞旋，知道你注意着它了，它轻盈地奔你飞来，又娴雅地飘着走了。偶尔有飞着的雪花"贴"到玻璃上，你能清楚地看到六边形和网状，美得让人心醉，呵一口气，想让雪花融化掉，可雪花未化，自己先傻傻地笑了——伊宁的窗户都是双层玻璃的，真空！

潘晖说，真想在伊宁玩一次雪，譬如堆雪人，冬日伊宁漫天皆雪，但是路边院内见不着一个雪人。曾经感到奇怪，以为是人在忙活，顾不上玩雪了，可是新疆的工作节奏、生活节奏都是按部就班的。于是，在一个周末，约了个同伴，悄悄到一个街心公园去"拍照片"——拍照片是假，想堆雪人玩儿是真。一堆才发现，伊宁的雪是干的，堆不起来。也想过带水"作业"，一转念又笑了，冬日伊宁白天的室外最高温度也有零下10℃左右，水没有洒到雪上面的时候，可能已经成冰了。只好改变主意，以拍照为诱饵，混到小朋友中间去玩雪橇。这下过瘾了，在伊宁玩雪橇像在草地上滑草一样，雪橇拉过的地方，居然没有明显的滑痕，伊宁的雪真是太干、太硬、太爽了！两个小朋友拉着我从高坡下滑的时候，我一边叫着笑着，一边又想到了夏力潘，拉着我奔跑的是夏力潘多好啊，或者是我拉着她……

讲到这里，潘晖哭了，2020年12月1日下午5点左右，援疆楼3楼的活动室内，潘晖外穿一件雪白的薄羽绒服，她摘下白边框眼镜拭泪的时候，我头脑中忽然飘过一个问题：诱使潘晖爱上伊犁、三度援疆的真正动因，究竟是夏力潘，还是伊犁的雪呢？

　　潘晖知道我也喜欢冰天雪地，当晚在微信上给我发了20多幅雪景照片，雪前的、下雪的、雪后的；晴日素裹的、风雪弥漫的；吉尔格朗河边的远眺、雪中挺立白桦的近景。有一幅檐下冰锥的特写，长长的冰锥尖上，两滴已经融化了的冰水又凝固了，让人一下子联想到当天下午采访时的一个场景，讲到拉雪橇时，潘晖医生突然联想到夏力潘小朋友，哽咽着，摘下眼镜，一袭白衣，白皙的面庞，眼窝里止不住流下两行清泪——潘晖对夏力潘残忍地隐匿了一条信息，南通、上海、南京，所有能拜访到的神经科、骨科、康复科专家，潘晖都以不同方式拜访过了，他们的同一结论是：从医学理论上讲，小力潘这辈子已无站立的可能，潘晖宁可自己饮泪也不肯在夏力潘面前打碎她的色彩斑斓的人生梦想。

"美丽的坚持"和坚持的美丽

　　徐新的微信名是"美丽的坚持"，如果不是先认识本人，再加微信号，你肯定会对这个美丽的微信号"美丽"地遐想半天。

　　我问过徐新这个微信号的来历，他说，微信刚兴起的时候，时兴用笔名，不用真名真姓，他写过一篇励志散文，题目是《美丽的坚持》，《读者》杂志曾经选载为卷首语，读者喜欢，自己也比较满意。文章不长，赞美了南美海拔4000米安第斯高原上的普雅花，普雅花是一种高大的草本植物，存活期100年，但开花时间只有短短的两个月。在贫瘠寒冷的南美高原，普雅花利用自身深广的根系和粗壮的叶脉，汲取自然界的营养，积累能量，酿造美丽，用于一生中两个月的全身心开放。100年只为了两个月，一种悲壮而美丽的坚持——徐新微信号要表达的意思不言自明了。

这个微信号诞生于2014年，徐新是2013年底与张华一同来到伊宁的，按组织规定，援疆干部任期一届3年。所以，徐新取这个微信号的本意就是，把自己人生40年的知识积累和才华练达，都释放到援疆的3年。作为分管"外宣"的宣传部副部长，县政府的新闻发言人，他让伊宁县在新华社、人民日报、中央电视台、中国日报等中央级媒体，在新疆维吾尔自治区各大媒体和江苏省的各大媒体上竞相亮相，伊宁的新闻曝光率屡创新高。同时，他又发挥他业余作家的长处，用散文介绍伊宁，用散文介绍新疆。国内文学刊物、文化刊物以及各大报纸的副刊上，徐新创作的新疆题材的散文，像一朵朵雪莲一样，多点盛开。徐新自己当初可能都没有想到，3年"美丽的坚持"之后，因为班长张华开始了第二个3年援疆，他们同一批有5人也接着开始了第二个

3年的"美丽的坚持"。第二个3年，他为伊宁县纺织产业园的"一区两园"鼓与呼；为大批农牧民转岗进城策划呐喊；特别难忘的是，"让阅读照亮边疆孩子的未来"大型活动的成功，让徐新对事业和人生思考了很多很多。100多万册图书、边疆伊宁县的每所中小学都有了图书室、教室里都有了图书角，一件件事后想起来都觉得难以实现的事情，因为执着，因为坚持，一件件都圆满成功了。2020年底，徐新又开始了他援疆生涯的第三个征程，这一次，他联系上了南通的石榴子爱心公社和江苏教育电视台的教育频道，开展了一项"微心愿"爱心活动，这项活动既是公益援疆、慈善援疆、"让阅读照亮边疆孩子的未来"的延续，也是针对脱贫攻坚战取得胜利后的个别盲点的"弥补"。12月9日我在伊宁的时候，海门三兴制衣的300件羽绒服到货，徐新说，本来订购的是200件，三兴董事长黄石飞听说是送给困难学生的，每件按200元收费，再赠送100件，发来了300件。

采访间隙，我和徐新聊过不少关于"坚持"的话题，徐新说，伊犁人文历史悠久，民间文化矿藏丰厚，有很多关于"坚持"的美好故事和传说，随便采集一个，就是美好的散文或者童话。12月4日下午，雪后转阴，有半天空闲，徐新说，"走，去看一折现实版的《天鹅湖》，也可以算是欣赏另一种'美丽的坚持'"。

我们去的地方是距离伊宁县城50公里的英塔木镇，雪后路滑，走了一个多小时，车在伊犁河北岸夏合勒克村的"天鹅泉湿地公园"广告牌前停下了。需要说明两点，此时的伊犁河于我而言只是一个地理标签，导航仪上的3个字而已，视野中已经没有了河流、农田的地貌区分，车窗外的世界，除了公路两边冰挂一样的行道树，全部是冰雪覆盖下的白茫茫的世界，甚至远处的村庄，也只是一堆隆起的银白色土丘。还有，所谓的"天鹅泉湿地公园"，在我一个南方人的眼中，就是一座广告牌加几间接待和安保用的棚式大厅，因为广告牌上标示的面积是50亩（大概相当于苏州、扬州一座私家园林的面积），似乎称不上"公园"。但是，进入园区，我们一边"吱嘎、吱嘎"地踩着雪地上已有的脚印挪步，一边听着徐新对天鹅泉来历的娓娓叙述，感觉渐入佳境了。这个村的村民以哈萨克族为主，丘陵地带，散布着几眼温泉的泉眼，20世纪90年代初，一位韩姓村民建房于此，把几口泉眼串通，形成了不冰不冻的溪流，周边白雪皑皑的时候，他的房子旁边氤氲着泉水的缕缕雾气，鹅鸭在溪流中嬉戏，渐渐地，水草长了，鱼虾有了。令人惊奇的是，1993年12月1日清晨，主人发现溪流中多了2只洁白的大天鹅和3只灰色的小天鹅，认真观察，一只大天鹅翅膀受伤了，落难于此。主人将5位"天外来客"和家禽一样看待，并且增加了新鲜菜叶的投放，次年4月，5只天鹅在溪流上空鸣叫着盘旋了几圈后，飞向了北方。10月底，溪流上空响起了天鹅群的欢叫，原来，落难于此的 5 只天鹅带着它们的亲戚朋友"探亲"来了，这是吉祥的征兆，当地村民都很兴奋，忙着"开源截流"，扩大营盘，几年下来，一汪 50 亩左右的不冻湖形成了，前来越冬的天鹅从几十只到上百只，现在的规模达到了 300 只上下。

300 多只天鹅是个什么样的概念呢？我们那天走到湖边的时候，管理员打起了呼哨，芦荡和湖中小岛上的天鹅"扑扑"汇入湖中，自动列队向管理员游来，面对岸上观赏人群的欢呼和拍照，天鹅行进的队列不为所动，雍容自如，亦如参与阅兵的队伍，向着既定的目标，前进、前进！只不过天鹅行进时不是方队，而是单列，一只紧挨着一只，逶迤而行，从喂食管理员前面经过时，叼一片白菜叶，又秩序井然地游向远方。管理员说，现在每天喂食的大白菜近百公斤，当然还有精饲料，如不断投入湖中繁殖的螺贝和小鱼小虾。

据鸟类学家的观察和研究，每年 10 月至次年 4 月来这儿栖息的天鹅是西伯利亚的候鸟，多为疣鼻天鹅和大天鹅，属国家二级保护鸟类，这两种天鹅一般都是飞往气候更加温润、地域更加广阔的南方越冬，但天鹅的群居特性有很多方面和人类颇为相仿，在英塔木这个逼仄的小天地栖息的天鹅，绝对是当初那 5 只天鹅一家的亲戚和朋友，或者扩大点说，是它们家的"朋友圈"，这个"朋友圈"的天鹅，为了友情，为了感恩英塔木的村民，宁可放弃飞往南国的"诗与远方",甘愿在这个狭小的温泉池塘中陪恩人欢度冬日。所以,尽管天鹅泉一再扩容,由溪流变泉河,由泉河变湖泊,但天鹅的数量一直保持在300只左右,几年来,没有明显的增加和减少。

现在,天鹅泉已经成了冬日伊犁的一处旅游胜地,一段蹲守的视频记录了这样的梦幻般景象:朝霞升起,湖畔小树和芦花上的雾凇染成一片金色,清澈宁静的水面上升起袅袅薄雾,美丽的天鹅苏醒了,抖擞羽毛,引颈高歌,野鸭等其他水鸟群起响应,婀娜起舞,一起礼赞大自然的美好,一道欢呼新一天的到来……我选了9幅12月4日游天鹅泉的图片发到朋友圈,半天时间,点赞167人(次),我的老同学李理信口占诗一首:

冬日伊犁/冰封一片/塔木坡下/泉眼连绵/蓄水成河/水草肥美/不冻不冰/犹如春天/野鸭成群/天鹅蹁跹/美不胜收/游人流连

徐新说,从1993年12月1日起,年复一年,西伯利亚的天鹅为了一个美好的承诺,栖息伊宁越冬已经28个年头了,动物且能如此,何况人呢!

徐新赞美天鹅泉的散文发表在《人民摄影报》,题目是《演绎冬日恋歌的圣地》,转载、转摘的报刊无法统计。今年是徐新援疆的第八个年头，前7年，他在完成宣传部副部长、新闻发言人本职工作的同时，坚持散文业余写作，创作的"伊宁恋歌"超过了200篇，这是一种"美丽的坚持"呢，还是一种令人肃然起敬的"坚持的美丽"！

"10年了，想回去看看乡亲们的房子和路"

2019年12月，沙飞来到伊宁，担任第十届南通援疆工作组的办公室主任。10年前的2010年12月，他曾经担任过三年的第七届南通援疆工作组办公室主任，相隔10年，沙飞履职在援疆前线的同一岗位，他是一种什么样的"美丽的坚持"呢？

因为沙飞是办公室主任，是个闲不下来的岗位，我第二次在伊宁的16天采访中，虽然与他多有接触，但适合攀谈的机会很少。直到2021年的元月7日，我在海门采访结束回南京，他从南通来南京转道返回伊犁，我们相约乘坐的列车是旧式绿皮火车的改装车型，原来的卧铺车厢成了6人"软座"包厢，那天奇冷，海门、南通沿海沿江地区的最低温度零下9℃，早晨第一趟列车乘客很少，空荡荡的包厢适合聊天，我们很自然地谈起了援疆话题。

沙飞说，2010年报名援疆好像理所应当。自己当时才35岁，已经担任了南通市财政局经济建设处副处长，市委组织部分配给财政局一个援疆名额，党员青年干部应该走在前面，尽管当时自己的孩子还小，刚刚上学，在得到爱人的理解和支持后，他一咬牙跑到伊宁来了。

那年夏秋，伊犁地区刚刚遭受了特大洪水的袭击，援疆工作组到伊宁的时候是秋末冬初，第一件事就是扎进灾区，检查和落实受灾农牧民越冬防寒的各项工作。当时的现状非常难忘，最突出和最迫切的问题是有路无法走，有房不能住。洪水把道路冲垮了，把房屋冲塌了。衣、食、住、行，人类的四大生存要素，住和行为大。住和行解决不好，其他生存条件都要打上问号，况且，这里冬天的最低气温经常在零下20℃以下，村镇之间的距离动辄几公里、几十公里，十年前的新疆，房屋和道路问题，真的无法与今天相比，记忆中，在伊宁的第一个三年，大部分精力就是在为农牧民的房子和村镇道路奔波，"安居富民"工程从此也在伊犁叫响了。但是，因为当时当地的经济基础相对薄弱，再加上那时对口援疆的力度比不上现在，三年苦战，有种壮志未酬的感觉，带着遗憾离开了伊宁。特别是回到南通以后，每每在县乡间高标准的一级、二级公路上行进的时候、在踏进现代化的农民别墅的时候，在伊宁三年的一幕一幕，总是那么清晰地浮现在眼前，梦牵魂绕，挥之不去。

房子与道路，对于边疆地区的农牧民来说，究竟有多重要？我和沙飞一道参加过一个访谈会，听几位"疆一代"和他们的子女介绍了一些情况。这批"疆一代",与成建制从部队转业新疆的兵团战士不同,他们是20世纪60年代初支援边疆的青年,来自河南、安徽、江苏、上海、浙江、陕西、山西、山东等十多个省市,他们都是奔着新疆待开垦的广袤处女地而来。

　　座谈会的地点在伊宁县阿乌利亚乡农垦社区的青年农场,60年前,江苏南通地区的204名知识青年,响应党的号召,来到了这片土地。他们从南通的天生港码头上船,沿江而上,在南京浦口上岸,登上西行的绿皮火车,到达乌鲁木齐后换乘敞篷卡车,一列长长的车队,迎着漫天风沙继续向西北方向行进,26天,行程整整26天,车队停在了现在的阿乌利亚乡青年农场。车,停下来了,第一个人跳下去以后,半天没有第二个跟着跳下去的,而且,一个传染一个,女同胞们开始饮泣,开始流泪,继而相拥着大把大把抹泪了——哭,不能放声,因为一张口,牙齿间马上充满大风刮进的沙子。原来,第一个跳下去的人脚下不是路,是草丛,是没过人头顶的枯草丛。拨开厚厚的草丛,好不容易在芦笆门下面找到了他们的"房子"和新家——地窝子,南方称"猫耳洞",实际上就是半截就着沙丘、半截掘到地下的地窖。这就是"疆一代"的房子和路,青年农场"农二队"的大旗就在这片土地上插下来了!垦荒开路从割草开始,蒿草割到哪里,夜里就掏地窝子睡到哪里。全队知青把安家费掏出来，集中在一起使用，先是买了马和羊，然后置办了两台东方红拖拉机，"住房"也从地窝子搬进了马棚。接着，农二队有了自己的猪场、鸡场、酒厂、商场、学校、医院……邵炳文老人是1960年4月从南通平潮来到农二队的，他讲了当年的夏天和冬天的两件事。夏天，垦荒至沙丘深处的时候，饮用水是个严重问题。沟塘里的水浮着一层虫子，不敢喝。有时候趁着难得的雨后，从牛蹄踩出的沟沟里刮出几杯水来，想办法烧开，以解干渴。冬天，农场住宅的大门都是向外开的，目的是防雪，防止大雪封门。伊宁冬天的降雪常有这样的记录，一夜之间，积雪直抵屋檐。

当然，这里的房子和道路的回忆，是60年前的旧事了，沙飞第一次援疆是10年前，10年，在历史的长河中虽是短暂的一瞬，但10年前伊宁农村的房子和道路，与今天确实不可同日而语。况且，对于骨子里还流淌着南通血脉的"农二队"的后代来说，更有着几丝"说也说不明白的乡情或乡愁"。今年73岁的王树山是在南通中学读初一时转学来伊宁的，为了办转学手续，他在爸爸妈妈后面几个月才上路，拿着支边证明，免费乘船、免费乘车，一路绿灯，兴冲冲直奔"天山南北好牧场，葡萄瓜果甜又香"的新疆而来。当年的小学语文课本里就是这样介绍新疆的，哪知，到了伊宁，居然没有一所汉语中学，王树山只好怀揣着转学证明开始了支边生涯。好在按民间对学历的认可，王树山好歹读了半年多的初一，也算个"初中生"了，农场让他干了"知识分子"的事情，用现在的规范用语来说，他干了"道路规划"工作，再细分一下，他在退休前还在家乡南通正式获得了"绿化规划师"的职称，或许正是因为这样的特殊经历，与王树山老人的聊天偏重"人文"一些。

王树山介绍了一个奇特的现象，农二队内部的通用语言是南通话，甚至农二队小伙子从其他农场娶进来的媳妇、姑娘们谈的男朋友，进农场、来家里，南通话是"考试"语言。那天的访谈，援疆而来的县委副书记张华也参加了，王树山恳切地向张华请求，希望县委帮助青年农场引进能留住年轻人的产业或项目，年轻人现在眼睛向上、眼睛向外，王树山说，他们这一辈现在还每年回家乡南通扫墓，自己有点担心现在向外走的年轻人，以后能不能回伊宁为自己这一辈扫墓——我当时心中"格登"一下，心想当年奔波 26 天，行程万里的"疆一代"已经不准备叶落归根了，这是一种什么性质的乡愁、什么样的家国情怀呢？

难怪，临行前，张华拉着王树山和邵炳文的手，对在场的老人们说："希望你们保重，祝愿你们健康，你们才是真正的南通援疆干部的第一代。"老人们一个个眼窝里噙满了泪花。

难怪，沙飞在回答为什么 10 年后报名到同一个岗位援疆时，吐出了那句饱含深情的回答："10 年了，想回去看看乡亲们的房子和路。"

"伊宁8年，我知道了我是谁"

梁翥，一位你见了一面就不会忘记的年轻人。首先是他姓名中的名："翥"，这个字我是"百度"之后才敢读出声的，zhù，读音同"柱"，向上飞的意思。这种有点含义的冷字僻字，一般来说，查一次就会很难忘记的。还有，梁翥1987年生，年龄刚达30就走上了伊宁县商务和工业信息化局副局长的重要岗位，小梁身高1.75米左右，瘦削，干练，热情，活脱脱的"小鲜肉"一枚。

可是，梁翥说，很长一段时间，他自己也不知道他是"谁"？

梁翥是湖北宜都人，2006年高考，录取到江苏徐州的中国矿业大学学习，苦读7年，2013年在中国矿大工程管理专业硕士研究生毕业。择业的十字路口，新疆伊犁的招聘信息像火花一样，燃起了年轻人心头到边疆建功立业的火苗。梁翥成了伊宁县政府财经办公室的新成员，后来又到过政府办和县委办做秘书工作。

刚到伊宁的日子里，见面寒暄，人们总喜欢问："小梁是哪里人啊？"梁翥说，这是个常常让他感到头痛的问题，他得先说出生地在湖北宜都，靠近三峡大坝所在地的宜昌，然后介绍读大学在江苏徐州，7年，也可以说是江苏徐州人。最后，还不能忘了补上一句："现在是新疆伊犁人了，2013年7月已经落户伊宁。"有一段时间，梁鬐服务县委副书记张华分管的援疆工作，伊宁的南通援疆楼里也有了他的办公室，接触的人员中碰到南通的同志时，小梁还要说两句南通话套近乎，说自己也是半个南通人，在南通的对口援疆岗位上挂职锻炼过。

这还不算什么，最让他难以适应的是从读书、上课、运动、写论文的学校生活，一下子转变为值班、开会、送公文、守办公室的"见习"机关干部工作模式。小梁说，有一阵子，他很怕开会，因为一旦开会，就意味着一场马拉松的开始。特别是传达上级文件的会议，主持人用普通话诵读一段后，相关人员马上要翻译成维吾尔语，伊犁的全称是新疆维吾尔自治区伊犁哈萨克自治州，这就要求，正规会议，翻译的语言还要有哈萨克语。有时，发言中遇到一位方言较重的领导，大家被搞得云里雾里，是常有的事情。真的应了那句网络热词"找不着北"。地方领导当然也看出了这批引进人才"水土不服"的尴尬，有针对性地让他们到镇、村的基层一线挂职，接点"地气"。没想到接触了社会实际之后，这批青年知识分子大多找到了"自己"。有经商潜能的，很快被前来洽谈业务的大企业高薪聘走了；有感觉入错行的，继续埋头读书，考硕或读博去了。梁鬐说，那时他真有点彷徨了，面对朋友、亲戚、同学从各个方面伸来的橄榄枝，他不知道自己的下一步该往哪儿迈？

这就是所谓的"疆三代"青年人才流失的问题。"疆三代"是新疆建设的又一个敏感话题，20世纪50年代初进疆的"疆一代"逐步退出历史舞台，"疆二代"也几乎到了有效工作年龄的后半程，从年龄梯次上分档，建疆治疆的历史责任，责无旁贷地落到了20世纪80年代以后出生的这一代人肩上。但是，历史的因素、现实的重负、外部的影响、内部的震荡，"疆三代"出现了不同程度的流失现象，少数民族子弟借助高考，纷纷走向内地；前辈援疆的"第三代"依赖内地的政策优势，落户回原籍。兵团、农场、大中城市，都出现了老龄化、空心化、年轻一代缺失的现象。

梁骞对自己未来人生的思考和徘徊，就是在这样的背景下产生的。

促使他坚定信心，留在伊宁的是这样一件事。2015年起，作为县政府办公室秘书，小梁的工作岗位转到了南通援疆工作组。一次早晨，梁骞接到张华哥哥的电话，张华哥哥在南通刚刚上班，不放心地问道，时间才过早上8:30，相当于伊宁早晨6:30，张华的微信运动步数怎么已经超过了1.5万步？这个数字，常规散步要近两个小时，张华的哥哥推算，张华在凌晨4点多就开始锻炼了，哪有像这样健身的？是不是发生了什么事情？早晨在食堂吃饭的时候，小梁有意扯上这个话题，原来，昨晚因故回来迟了，为了次日的一个项目谈判，张华凌晨醒来，再也睡不着了，索性起来"补课"，在房间里捧着平板iPad，不紧不慢地踱步，来来往往，居然踩出一万多步。

引起梁蠢思考的不仅是踱步纪录，还有张华和南通援疆干部身上散发出的孜孜不倦的学习精神。梁蠢在南通援疆前方指挥组，可以说既是编外人员，又是编内人员，进了这幢大楼以后，已经多次聆听了不同方面业务讲座，比如《伊犁地区文史讲座》《少数民族文化习俗》等等。这还不算，小梁跟随张华下乡或出差，路上时间一长，张华总喜欢掏出手机戴上耳机。开始，小梁以为是听音乐，后来才知道，张华是在见缝插针地"读书"。有一个读书的APP，以音频、视频的方式，解读一些好书。梁蠢也跟着加入了进去，而且，一发而不可收，深深沉浸其中。他说，喝一场酒，起码得耗费两小时，读一本书，只需要40分钟，何乐而不为？我问小梁，印象较深的书有几本，小梁不假思索地答道："还真不少，《即兴演讲》《可复制的领导力》《顾客为什么购买》《终生成长》……"

"渡边淳一的《钝感力》，是与张华书记一道读的，学会从容面对生活中的挫折和伤痛，坚定地朝着自己认准的方向前进。这是赢得美好人生的必备手段和生存智慧。"

"还有一本，挺励志的——《和繁重的工作一道修行》，讲职场人如何劳逸结合。有时，最刺激的工作，也可以成为奋斗者的一种休息和享受，就看你的认识和修养了。"小梁说，人们常用"心灵鸡汤"来形容这类书籍，不管褒义也好，贬义也好，反正，读进去了以后，有时还真的像"鸡汤"一样给人带来慰藉。小梁说，这本书的意境，他在一次出差途中，体会得淋漓尽致。那次从伊宁到如东，往返三天，两天在天上飞行，一天两夜在如东谈判。谈判的那一天，早上谈、上午谈、午餐谈、下午谈、晚餐谈、深夜谈，谈到清晨，事情谈得差不多了，如东县上百家纺织企业西迁伊宁的意向，全面达成了，预定去机场返回伊宁的时间也到了。那一次几乎是两个通宵啊，县委书记杨新平、副书记张华等几个主要领导，在双方每场谈完之后，还要小范围通气会商。小梁说，战争年代的通宵达旦，连续作战，大概也就是这样的氛围吧！所以，回伊宁的航班上，看到县委、县政府的几位主官带着倦意、带着笑意，在各自的座椅上沉沉睡去的时候，三十出头的年轻秘书，反而没有了睡意，沉浸在一种莫名的兴奋之中。

享受同样快意的还有一次。筹拍《奋斗》专题片时，梁矞参与调研了园区、宣传、人社、工信、工会、妇联、共青团等部门和20个乡镇。在园区，听到第一批从田头山头走进车间的女工的羞涩回答时，小梁说，自己在心底里笑了！当时询问的问题是，比较乡村生活和工厂生活，让女工们做出选择，一位女工笑答，乡村里没有抽水马桶，没有热水洗澡啊。乍一看，机智的回答，正反映了少数民族女性对新生活的热爱。

"其实，维吾尔族文化、哈萨克族文化和汉族文化一样，源远流长，多姿多彩。而且，因为地域、气候、历史、民俗等原因，少数民族文化、少数民族女性有着比汉族文化、汉家女性更奔放、更浪漫的一面。"梁蓊在陪我去托乎拉苏大草原的路上，饶有兴致地给我当起了"导游"。"托乎拉苏"是哈萨克语，直译语意为：一直往前走。意译，表达文雅一点：翻越过去。为什么要翻越？有山呗！托乎拉苏距离伊犁州首府伊宁市的垂直距离只有20多公里，但因为有横亘在中间的科古尔琴雪山，想要一睹托乎拉苏的芳颜，必须翻山越岭，盘桓好几个"20多公里"的山路。为什么要去托乎拉苏看看？托乎拉苏是伊宁县的那拉提，那拉提在伊犁州境内，不在伊宁县境内。但是，那拉提有的雪山草原、原始森林、高原湖泊，托乎拉苏都有，那拉提有的手抓羊肉、特色马肠、草原风鹅，托乎拉苏也都有。那拉提没有雪山峡谷，托乎拉苏景区内的雪山大峡谷绵延45公里，多处深达200米。而且，峡谷绝佳处有一个非常吸引人的景点，名叫五姑娘沟，或称五媳妇沟。相传古代五位哈萨克族姑娘结伴放牧，策马溜到托乎拉苏大峡谷时，她们自己也被眼前的美景惊呆了，远处，蓝天白云，积雪皑皑；脚下，溪流跌宕，山鸣谷应。身边，花香扑鼻，蜂飞蝶舞；放眼，风吹草低，牛羊成群。五位哈萨克族奇女子不走了，安营扎寨，在这个地方住了下来。五位剽悍的哈萨克族小伙子知道以后，集体闯进了姑娘们的"禁地"，结局皆大欢喜，五姑娘沟也被后人称作了五媳妇沟。

五媳妇沟现在是托乎拉苏大草原的灵魂所在，具有浓郁哈萨克民族特色的游客接待、餐饮住宿、娱乐休闲，全部集中在这里。五媳妇沟的传说，梁矗就是在这里的毡房内讲述的。小梁说，丰厚且开放的哈萨克民族文化，遇上了改革开放的好时代，我们那天颠颠簸簸进山的土公路，已经在规划修建一级公路了，到时，伊犁周边，将会增加又一处地标式的旅游景点。新疆伊宁哈萨克族五姑娘的传说，会像云南大理的五朵金花一样名传八方，吸引祖国各地游客。

我随梁矗去托乎拉苏大草原是2019年的6月，路上小梁说，来伊宁如果在4月，最好是4月的上旬，那漫山遍野的杏花，也是会让你久久难以忘怀的。小梁说，伊宁的春天从野杏花露出微笑开始，杏花花期7天左右，野杏花报春之后，几百里的伊犁河谷和环绕伊宁的崇山峻岭，烂漫一片，和青绿色的山谷溪流交汇一起，五彩缤纷，美轮美奂。野杏花开过之后，伊宁杏乡的撩人春色才真正揭开面纱，人工种植的万亩杏林一片连着一片，几乎在一夜之间，千树万树杏花开，伊宁整个县域成了粉色的世界，伊宁一年一度的杏花节也就在粉嘟嘟的氛围中开幕了……

　　梁鬶像在朗诵散文诗一样，向我介绍着伊宁的杏花和杏花节，那一刻我有点恍惚了，梁鬶不是说他一度弄不清自己是湖北人，还是江苏人，抑或新疆人吗？凭他对托乎拉苏历史文化的了解和对伊宁杏花的激情解读，分明标志着他已是一个合格的新疆伊宁人，一位令人肃然起敬的"疆三代"！

第十一章 拥抱在山乡的『石榴籽』们

两次在伊宁，我都提出去基层多看看的请求，特别是少数民族村落和少数民族家庭。俗话说，基础不牢，地动山摇。基层政权的稳固与否、少数民族群众的生存状态如何？当然事关边疆的稳定与发展了。但是，因为伊犁地区是哈萨克族、维吾尔族聚居区，少数民族人口占比85％以上，而且，这里是边境地区，距国境线的垂直距离不到90公里，再加上各民族都有自己的风俗和习惯，要想进入边疆少数民族家庭，是件很讲程序的事情。

机遇，有时就是偶然遇到的。没想到，我走进维吾尔同胞的家庭，深入中国边疆少数民族基层，竟是从一顿"年夜饭"开始的。

肉孜节家宴

2019年6月3日，我在伊宁县南通实验学校采访的时候，突然感受到了一种浓浓的节日气氛。那天上午，初三语文老师姜振山的办公桌上，除了教科书、学生作业本、电脑外，一个贴着心意卡的食品袋很不协调地放在一边。见我注意，姜老师忙解释，5日就是肉孜节了，这是学生家长带来的节日食品。食品袋内是油炸的馓子和油果子，心意卡上写着：

姜老师，这是我妈让我带来的肉孜节的馓子，希望您喜欢。祝肉孜节快乐，笑口常开！

学生买衣托巴木

　　肉孜是波斯语，斋戒的意思。在伊斯兰历法中，每年的10月1日为肉孜节。伊斯兰历法已有1400多年历史了，与汉文化中的农历相仿，但最大的不同是没有闰月，所以，肉孜节的日期每年都要推算，对应公元纪年，每年的肉孜节都不会与上一年重复。2019年，伊斯兰教历书中的10月1日，对应公元纪年，是6月5日。叫法不同，意思一样，相当于汉族的农历春节，是这些少数民族地区的法定假日。这一天，和汉族人民过春节一样，维吾尔族、哈萨克族、回族等在外地工作、学习、出差的少数民族同胞，都得从四面八方赶回来，合家团聚，欢度节日。相关资料介绍，维吾尔族的肉孜节相当神圣和隆重。晨起第一件事，身着盛装集中到清真寺做礼拜，平时人多，礼拜可以分批，但这一场礼拜必须全员参加。清真寺教堂内如不能容纳，就在教堂外的大广场进行，要的就是这个氛围。所以，年轻人的婚礼也大多选择在这个场合，结婚对数多了，干脆来场集体婚礼。然后是按家族或家庭组合，去墓地祭扫。再接下来就是走亲访友了。肉孜节，宰羊、宰鸡，甚至宰牛，都是维吾尔族家庭必做的节日准备。

知道了这些之后，心里痒痒的，琢磨着怎样才能深入到维吾尔族家庭来次过节体验？哪知，想到，做到。4日晚上，张华征求我意见，说肉孜节休假，跟他去乡下亲戚家过节如何？我问："是维吾尔族亲戚吗？"他说："当然！"正中下怀，我满口应承。

我们去的地方叫巴依托海镇茶依其温村，离县城50公里左右，一路上人少车稀，商店关门，一片过节气氛。车行一个小时左右，停在了村委会大院的门口，村委会的电子屏幕上滚动着这样的欢迎语："热烈欢迎张华书记一行回家看看！"我心中一动，由"走访亲戚"到"回家看看"，越来越近了，真好！在会议室坐下来，村委会干部向张华汇报村里一年的变化和发展，我才逐渐明白，张华2013年冬天首次援疆，担任县委常委、伊宁县副县长的同时，还兼任了一届茶依其温村的党支部第一书记。第一次进村上任时，村委会办公室狭小昏暗，在办公室想开个支部委员会和村民委员会的"两委"联席会议，结果座位不够，有的同志只能半个屁股坐在他的椅把子上。调研中，村干部和党员们反映最强烈的是缺少传播"正能量"的阵地问题，550多户人家、2200多人的村子，村委会办公的院子，年久失修，破败不堪。第二次来村里，他向村委会和全体村民表态，一年之后，我们要有自己的村委会大楼和村民活动中心，让村民们来办事时，可以坐下来，喝杯茶。

大家鼓掌，全场大笑！

大家私下笑话又来了个会吹牛皮的村支部书记。

20年来，这个村换了18任村支部书记，修路的钱向村民征收了多次，可是，路，还是原来的土路、破路。有了第一次的调研经历，张华当然看清了鼓掌的夸张，听懂了笑声的变味，但他可不是随便表态的，一年之后，600平方米的村委会大楼落成了，同时落成的还有450平方米设施一流的村民活动中心。这一年，张华从筹措资金开始，到选址、设计、施工、装修，把县长分工任务以外的精力，都用在了村委会大楼和村民活动中心的建设上。一年之后，冬日来临之前，工程竣工。

落成典礼，村委会请来了伊犁州歌舞团演出庆贺，大院里支起三口大铁锅，一锅一锅地轮番烹制手抓饭，免费招待全体村民。演出开始，《我们新疆好地方》的音乐一响，台上台下一起激情奔放地舞之蹈之起来。伊宁人对这首歌曲太有感情了，就像江苏的六合人听到《茉莉花》的旋律一样，《我们新疆好地方》就"出生"在伊宁。20世纪50年代初，王震将军的部队驻扎伊宁时，王震将军的秘书马寒冰即兴创作了歌词，作曲家刘炽读到之后，汲取伊犁地区维吾尔族民间音乐的旋律，一气呵成写下了曲子，一首名曲就此诞生了。马寒冰后来担任过新疆军区文化部长，可惜英年早逝，他留下的新疆名歌还有《我骑着马儿过草原》。作曲家刘炽就更为大家所熟悉和景仰了,《让我们荡起双桨》《我的祖国》《英雄赞歌》等名歌,都是他的经典作曲。《我们新疆好地方》描绘了新疆美丽的景色和富饶的物产,也抒发了新疆人民热爱自己家乡的真挚情感。其实,这首歌70年传唱不衰,历久弥新,更因为歌曲充分表达了56个民族对祖国大好河山和中华大家庭的挚亲挚爱。

> 我们新疆好地方
> 天山南北好牧场
> 戈壁沙滩变良田
> 积雪融化灌农庄
> ……
> 麦穗金黄稻花香啊
> 风吹草低见牛羊
> 葡萄瓜果甜又甜
> 煤铁金银遍地藏
> ……
> 来来来来来来来来来
> 来来来来来来来来来
> ……

来了,全村能走能行的村民都来了,吃着手抓饭,唱着家乡歌，跳着新疆舞。

　　来了，不能自己行走的村民，也想着法子赶来了。74岁的维吾尔族大爷，吾斯曼·巴哈尔，多年有病，足不出户，硬是让家人用三轮车把他送到现场，不为别的，就是要见一见张华，与张华这位"说话算数"的共产党的村支部书记握个手，照张相。

　　老人拉着张华手的时候，张华掉泪了，这可是一场真刀真枪争夺阵地的斗争。所以，茶依其温村新的村民活动中心落成的时候，村民们像过肉孜节一样，尽情欢呼和庆祝。欢呼和庆祝各族群众真正有了自己的活动场所。6年之后，"老书记"张华在肉孜节那天，回到了村里，回到了乡亲们中间，乡亲们当然兴奋，欢迎他"回家看看"。

　　新年大餐是在张华亲戚艾依沙木·艾克热木家吃的，艾依沙木是个泥瓦匠，在昭苏打工，两天前赶回来的，他家的小院打扫一新，一排生活用房，一排附属用房。进院不久，我们便被迎进客厅的炕上，因为过节来客较多，餐桌布置成L形。盘腿坐下后，馓子、油果、瓜子、水果和冰糖茶是餐前小点，凉粉、烩菜、大盘鸡、手抓肉和白酒上来，才是肉孜节大餐的开始。维吾尔族人喝酒是不需要理由的，高兴时，喝酒；悲伤时，喝酒；送别时，喝酒；相聚时，喝酒。更何况是新年呢！但维吾尔族人喝酒又很讲究程式感。譬如，喝酒时女性是不上桌的，但结束前女主人要来致词敬酒。女主人布沙热木·阿布都热木的祝酒词是一段款款情深的演讲，她说，张华兄弟进门就悄悄问我们，家里房子建了，还有多少债务、还有什么困难，我和老公都很感动。我们现在生活很好，你们都看到了。建房还有一万多块钱债务，今年肯定能还掉。请大家放心！昨天，女儿从学校打来电话，说张华叔叔在山东的朋友又去学校看她了，还请她在山东临沂师院同宿舍的同学吃饭，她要妈妈告诉张叔叔，她会珍惜机会，好好学习，也希望两家永远是亲戚！至此，我才完全明白，张华的这家维吾尔族亲戚，是在他援疆以后、担任荼依其温村党支部第一书记时的结对帮扶对象，主人一家四口，两个孩子读书，生活负担很重，女儿去年考取了山东临沂大学，张华和他在南通的朋友，爱心接力，全额资助。难怪女主人祝酒时几番哽咽，如此动容。

维吾尔族人喝酒实诚，一是"齐步走"，大家同步向前，谁感到差不多了，"自报公议"，可以申请退出喝酒序列。二是按"提酒"礼仪，一人提议，全体干杯。"提酒"者先致提酒词，致词的过程，屡屡成为活跃宴席气氛的兴奋点，新疆的提酒文化，有时候不用加工，剪接下来就是一段很逗的相声。

"提酒"礼仪中，最后一杯酒的提酒者不是主人，而是长者或最尊贵的客人。那一天，我"中奖"了。不便推辞，也不想推辞，我说此时突然想起一首老歌的几句歌词，"我们都有一个家，名字叫中国"，现任村支部第一书记王斌抢着唱了起来,"兄弟姐妹都很多,景色也不错……"歌声中,大家和泪举杯,一饮而尽!

姓"天"的江苏老乡

维吾尔族女性一般不在正规宴席上出现的"规矩",是茶依其温村村委会的女副主任孜白热木·依塔洪向我"科普"的。肉孜节那天,在张华亲戚家吃饭,主人把村委会几位主要负责人也邀来作陪,入席时,出于对女性的尊重,我让孜白热木·依塔洪先入座,孜白热木在帮着主人张罗,对我笑笑,礼貌地走开了。事后,她特地与我耳语,介绍了这一"乡规民俗"。孜白热木是维吾尔族出身的知识型村干部,2008年大学毕业,两年后结婚成家,以后一直在外地工作,2013年,镇党委召唤能人回乡、知识青年回乡,孜白热木应召回到家乡,2014年被村民们选进了村委会。

孜白热木·依塔洪是从这片黑土地上走出去又被召唤回来的维吾尔族姑娘,对茶依其温的一草一木都有着深深的感情,后来的采访中,她说:"早几年,回村后看到村委会大门关着,门前的路上杂草丛生,有时开会,喇叭叫破也没人来。自己虽然离乡了,但看到这幅画面,心里总是堵得难受。新的村民活动中心建成以后,村民们大事小事都喜欢往村委会跑了。维吾尔族民间有句俗话,'锅热了,饼就好烙了'。老百姓进门时,你就给他递上一杯水,他就什么心里话都会与你讲了"。孜白热木说,茶依其温村现在2178口人,分属维吾尔族、哈萨克族、回族、东乡族、汉族等7个民族,少数民族人口占94%,全村各民族村民相处得和谐着呢!特别是94%之外的6%的汉族村民,大家经常称他们"比维吾尔族还要维吾尔族",像村里的刘书记,早就"维吾尔族化"了!孜白热木·依塔洪的连珠炮介绍,说得坐在一旁的村支部书记刘国旭不好意思地咧开了嘴巴。孜白热木又补上了一句:"哦!还忘了介绍,我们村的6%的汉族村民中,还有一位您的江苏老乡,就在刘书记家,姓'天',老天的天,这个姓听说过没有?"

刘国旭自我介绍时,不是讲他们两口子是河南人和新疆人吗?怎么家中又冒出个江苏人,还姓"天"?

见我有点一头雾水,一直坐在一旁抽烟的村支部书记刘国旭开腔了。刘国旭说,他们刘家是有个姓"天"的家庭成员,他和爱人都称老人为叔,在介绍天叔之前,刘国旭先介绍了他自己是怎么来新疆的。

刘国旭老家河南,出生于1971年,由于生活困难,父亲听人说新疆地大物博,好混日子,为了养活5个子女,像前辈人闯关东一样,只身来到了新疆。几经辗转,在伊宁的茶依其温村落下了脚跟。从贫困中走出来的河南人勤劳节俭,懂得感恩,茶依其温村人少地多,田地里一年四季有干不完的活儿，这里的维吾尔族人、哈萨克族人善良纯朴，厚道大方，热情邀请刘国旭父亲把全家"移民"过来。这样，1976年，刘国旭父亲回到河南老家，带着刘国旭姊妹5人全家落户到了茶依其温村。刘国旭说，儿时的记忆留下不多了，但有一种感觉永远难忘，从河南到新疆，像鸟放天空，鱼入大海一样。小时候，不知道有这个民族那个民族的区别和界限，农闲的时候，特别是大雪之后的日子，一声吆喝，或者大点的孩子"叭、叭"挥几下马鞭，大家就聚到家前屋后的雪地上玩开了。女孩子们爱玩拉雪橇，男孩子最爱玩的是抽"蒋秃头"，也就是抽陀螺……刘国旭解释说，那个年代知道有个光头蒋介石盘踞在宝岛台湾，所以孩子们戏称陀螺为"蒋秃头"。拉雪橇的，抽陀螺的，玩累了，就在雪地上躺下，躺着，躺着，又互相滚到了一起。也不知是谁第一个使坏，有人的脖子里被揣进了雪团，于是，类似于今天的"红军""蓝军"的雪仗对垒开始了，直"杀"得天昏地暗……

　　刘国旭说，或许就是因为他是在这样的环境中长大的，所以，天叔理所当然地成为了他们家的一员。

　　一天，茶依其温村来了个乞讨的中年男人，看样子，人很善良，但明显智障。茶依其温村各民族家庭有个约定俗成的"村规"，能来这儿的乞讨人员，都经过了"路万里，水千条"的生活磨难，不管走到哪家门前，粗茶管喝，淡饭管饱。乞讨的智障男子可能也感受到了这样的民俗,整个3月,都在这个村里尽情享受着。伊宁的3月,虽然夜里仍然很冷,但乞讨男借着厚厚的棉衣和每家每户都有的柴草堆,总算还能将就。事情发生在一个滂沱雨夜,连续几天的大风大雨,这个男人实在找不到栖身之地了,就敲开了还亮着灯的刘国旭的家门,望着全身湿透的乞讨男,刘国旭两口子都明白了对方敲门的用意。乞讨男住下了,衣服烘干了,好吃好喝了两天,天也放晴了,但是他不肯走了。每天清晨,他早早起来打扫院子,清理羊圈,刘国旭爱人烧早饭了,他帮着护理孩子。刘国旭和爱人商量,自家父母不和他们住在一起,家中也缺少帮助照料家务的老人,就留下他吧,看他这把年纪,当叔养吧。乞讨男就这样留在了刘家,刘国旭有事无事与他闲扯,把每次的碎片信息拼接成了可供参考的简历。乞讨男姓田,名荣何,江苏徐州人,1952年生,结婚生子后,妻子有了外遇,带着孩子跟那第三者跑了。他在老家受了刺激,又受到乡邻的欺负,就这样跑出来了,不知不觉跑到了新疆。

那么,田叔怎么变成天叔的呢?

在刘国旭家翻盖不久的新房客厅,刘国旭的媳妇笑着接过话题:"天叔脾气不好,平时不愿搭理别人的问话,一旦开腔,满口徐州方言,他讲两遍,你要是还没有听懂,他就会像狮子一样对你咆哮。"刘国旭爱人说,派出所民警知道他的身世后，上门登记，为他补办身份证，问他姓什么时，他用徐州话回答，"田"！两位女民警反问："天？什么天？"田荣何答道："农田的田。"民警又蒙了"老天的天？有这个姓吗？"这一问，把田荣何彻底问火了，还是飙的徐州话："我再说一遍，农田的田！"民警知道他有智障问题，忙回答："知道了，老天的天。"身份证发下来时，姓名一栏是：天荣何。现在，田荣何作为茶依其温正式村民入册的信息栏里，他的初始姓名就是"天荣何"。

刘国旭爱人说，"田"变成"天"还有个原因，那天来拍照、办身份证时，老刘和她都不在家，来的又是两位女民警，天叔可能因为过去受到了刺激，男尊女卑思想严重，特别不待见女人，两位女民警也就马虎着应付过去了。刘国旭爱人说，她自己在家里也曾被田荣何气得大哭过一场。那是一夜大雪之后，老刘早晨起床看到满院积雪，拿起铁铲清扫起来，天叔看到后，一把抢了过来，把铁铲、扫把一古脑儿甩到刘太太面前，然后在院子里叽里咕噜吼了起来，她听懂了大意，这应该是女人干的事情，男人上班后还要过问全村的大事，哪有这样不疼男人的女人！当然，天叔一边骂骂咧咧，一边也在清扫院子。那一次，自己真是气坏了，好心收留的流浪汉，变成了倒逼主人的"管家大爷"！晚上，她向老刘摊牌，怎么着也要把田荣何劝走，哪怕贴他一笔生活费和回乡路费也行。

刘国旭接过话茬,说那一次矛盾闹腾得可大了,左哄右哄,怎么哄都不行。最后,我跟她说,咱们设想一下,这些年的生活,如果没有了天叔,家里会是什么样子?我们下班回到家里会窗明几净吗?孩子放学回来会从门外一路叫"爷爷"直奔里屋吗?圈内的羊、马、牛会围着你又叫又闹地撒欢吗……刘国旭介绍这一段家事的时候,他的媳妇站在田荣何所坐的沙发后面,正用木梳随手梳着田荣何的头发,她对大家说,你们看,天叔的头发转黑了,发根子已经黑了有一指多长,刚来我们家的时候,满头白发,又白又长,像个老太太,现在返老还童了。

那一天,田荣何真的高兴,似乎也对这满屋的温情有了精神回应,他突然从上衣口袋掏出了身份证向我招呼,说上面的出生日期也错了。我一看,身份证上印着1952年11月16日,他说,"错了,错了,应该是1952年10月27日"。他说他1968年到过新疆,生活了两年,攒了点钱回去结婚,有了娃,离婚了,女的把娃带走了,他才又来到新疆。见田荣何恢复了记忆,我与他说我们是老乡,他问,"江苏徐州?"我说我老家在江苏泰州,听他的口音不像徐州市人,我说出了徐州市所辖的市区名称,我讲铜山,他也答铜山;我讲新沂,他也答新沂;我讲邳州,他愣了一下,反问我:"是邳县?"轮到我愣住了,一想,现在的邳州市,是20世纪90年代后期才由原来的邳县改过来的。再问他还记得老家吗？他说："徐州。"然后就什么也不答了。这也印证了刘国旭的介绍，田荣何有智障，精神状态浑浑噩噩，有时清醒，有时糊涂。清醒时能回忆出以前的一些事情，糊涂时常常一问三不知，或者答非所问。对于他始终说不出自己确切的原籍，刘国旭说，或者是真的说不出，或者就是故意不肯说。不肯说的原因，就是怕我们送他回老家。如果是后面这个原因也好，说明他已经认可了我们这个家庭，爱上了新疆的这个新家。

我想起村副主任孜白热木·依塔洪对刘国旭的一段评价，"我们刘书记可会做调解疙瘩的工作呢，调理自家异姓家庭的事是这样，协调村里各家各户的麻烦事也是这样。不管是维吾尔族的，还是哈萨克族的，不管是张家的事，还是李家的事，刘书记一到，春风化雨，烟消云散。农村基层组织整顿时，老刘先是被高票选为村委会主任，村党支部改选时，他又全票当选为支部书记。我们村虽然小，但获得的县、州、区的奖牌很多，往大处说，我们是新疆的一个缩影，大家团结在一起，真的像石榴籽一样，全村七个民族的2178个村民紧紧拥抱在一起。"

"洋葱"村的蓝莓、黑莓和树莓

这一节的标题本应为《皮芽子村的蓝莓、黑莓和树莓》，皮芽子就是洋葱，哈萨克语、维吾尔语、乌孜别克语、克尔克孜语中，皮芽子的释意，都是汉语中的洋葱。这几个民族的主食，几乎就是牛肉、羊肉、马肉和馕，洋葱是必不可少的主要烹调配料。伊宁县曲鲁海乡有个上皮芽子村，还有附近的下皮芽子村，因为土质特别适宜洋葱生长，所以世代以洋葱种植为主，久而久之，村子也以"皮芽子"命名了。入乡随俗，南通援疆楼食堂自助餐的调料中，洋葱片、洋葱丝、洋葱末也必不可少。在食堂用餐的前几天，大家招呼我"来点皮芽子"，我有点茫然，明白了意思以后，他们还告诉我，南通援疆工作组副组长、伊宁县委常委、副县长周勇的生态村庄改造试点，就在上皮芽子村。周勇听说我对"皮芽子"感兴趣了，逗我说，皮芽子村不仅有洋葱，还有蓝莓、黑莓和树莓。树莓，你听说过没有？那里还有位你应该写一写的南京老乡。

于是，走进了上皮芽子村。

上皮芽子村的养殖业非常兴旺，这里每家一个院落，院子内除主屋外，马厩、牛栏、羊圈、鸡舍，基本是依次排列的。农耕牧耕时代，这样的居住自在、方便，院为单位，互不干扰。可是，在脱贫奔小康的进程中，这样的村庄格局就落后了。除了不适应新农村的整体规划以外，更重要的是对人居环境的严重污染。担任上皮芽子村党支部第一书记的是伊宁县安监局原局长徐智军，他介绍，在上皮芽子村蹲点的副县长周勇注意到这个问题后提出了把牲畜迁移到村外集中养殖的设想。周勇说，在伊宁大部分农村，牛羊马兼有农牧民的财富和生产工具的双重性质。对牲畜的特别呵护，是千百年的生活习惯和社会习俗，所以，人居房屋和牲畜圈栏都是混杂一起的。走进村庄也等于是走进了牛栏马厩，卫生状况恶性循环不说，一家一户的人工饲养，也影响了家家户户剩余劳动力的解放。周勇在曲鲁海乡上皮芽子村试点，以村为单位，村外建牲畜饲养场，分户寄养，集中管理，人员居住和牲畜饲养实行分离，既解决了人居环境的文明卫生问题，又把适龄农牧民最大程度地从家庭解放出来，走出乡村，走进工业园区。这一招还带来了意外收获，原来的马厩牛栏都在人居的大院内，土壤优良，空出来以后，有心的农民改造成花圃苗圃，引种、试种蓝莓、树莓、黑莓等稀有高附加值水果，并且获得了初步成功。这样的成功非同小可，因为伊宁寒冷期长，不适宜浆果类、特别是高档浆果类水果的越冬生长，黑莓、树莓在伊宁的引种成功，就有点像袁隆平在海水中种植水稻成功一样，显得弥足珍贵了。周勇在第一时间注意到了这则"春消息"，按图索骥，找到了国内林果专家、江苏省中科院植物研究所的吴文龙教授，吴教授研究蓝莓、黑莓已经 30 多年，闻讯后也是喜出望外，应周勇之邀，立即飞赴伊宁考察。吴教授介绍，如果说蓝莓是高出草莓几个档次的高附加值水果，那么，树莓和黑莓又要高出蓝莓几个、甚至几十个档次，树莓和黑莓比较，又以黑莓为最。树莓，顾名思义，挂果于矮小的树干，红果。黑莓，不仅因其果色黑艳而珍稀，而且，富含的氨基酸有十几种，维生素 C、维生素 E、硒、锌等人体需要的元素，分别是蓝莓的 10 倍、270 倍、150—250 倍、680 倍。这些高档浆果之所以身份"尊贵"，一是外部生长环境讲究，基本生长在温带，譬如云南、浙江、江苏的苏南地区；二是这些水果成熟期大多在黄梅季节，不宜转运，不宜保鲜，从采摘到腐烂，都是以小时计算，所以，物以稀为贵，一般只能在北上广深的大型超市和水果店销售，南京的盒马超市里有专柜，笔者亲自考察过，125 克的小盒包装，蓝莓 22 元，树莓 39 元，黑莓缺货。吴文龙教授说，从 2019 年 1 月得知讯息之后，他已经飞了 5 趟伊犁，而且，一应费用几乎都在自己的科研经费中支出。吴教授说，援疆是各族同胞应尽的义务，科研人员如果能把论文写到新疆的土地上，也是一种富有特别意义的荣耀。还有，从科研的角度来衡量，引种、试种的成功，还远不是栽种的成功，这中间还有不短的路程要走，但是，成功的曙光已经显现，譬如，伊犁地区气候干燥清新，莓类特种浆果生长、贮存、加工，少了南方地区梅雨节气的烦恼，但把握高寒地区气候节点的转换，还在记录试验之中。譬如，伊犁地区土壤的 pH 值偏于碱性，而莓类特种浆果对土壤的要求偏于酸性，现在已从东北引进黑土壤进行改良实验。可以想见，彩果绿叶的蓝莓圃、树莓圃、黑莓圃取代乡间院内门前的牛栏羊圈之后，街头巷尾的骚味臭气将被花香鸟语所替换，这样的改变是不是与刚刚耸立起的伊宁县纺织产业园一样，有种划时代的超越意义？这样的山乡农村与纺织小镇的有序组合，祖国的北疆山村是不是将会富庶秀美，别样妖娆？

2021年12月4日，笔者在上皮芽子村，已经看到了这样的北疆新农村的"微缩景观"。因为连续降雪，山野田地的积雪覆盖已经盈尺，不太方便走访农牧家庭，我们去了村里的特种浆果引种研究推广基地，基地采用股份制，由村里的合作社和一家民营企业按比例投股，吴文龙教授所说的引种实验都在基地内进行，基地现有70亩黑莓和30亩蓝莓试验田，被厚厚的积雪所覆盖。四座数千平方米的玻璃大棚内，蓝莓、黑莓、树莓按不同品种排列，室外白雪皑皑，室内按不同品种的需要，调节着春秋时节的不同温差，浆果根植的土壤盆缸内，也标明了本地土壤和东北土壤的不同配比。投资基地的民营企业老板叫王玉明，20世纪90年代担任过伊犁州糖厂的团委书记，人的性格也像他的名字一样，敞亮透明。他的办公室内摆放着电子琴和架子鼓，窗外是野猪和藏香猪的混养圈栏。同行的县委宣传部副部长徐新打趣道："王老总经常对猪弹琴啊！"王玉明爽声应道，"是的！"说着，手起琴响，一曲深情浑厚的男中音《草原之夜》在室内飘荡开来。

野猪与藏香猪混养,是王玉明的一大发明。野猪高大威猛,藏香猪娇小玲珑,两者杂交的后代,其猪肉品质可想而知了。王玉明将品名定为"上皮芽子村生态猪肉",听着就会口舌生津,此肉90元一斤,供不应求。

上皮芽子村村委会陈列的好东西很多,王玉明手指着窗外白雪覆盖的山坡说,春天一到,这里漫山遍野是金银花、藏红花、黑枸杞、黄芪。这里的羊肚菌1公斤1500元,这里甜叶菊可以直接当糖,烧肉时使用,这里的薰衣草精油1公斤只要1000元,这里的留兰香料提取时的废水,品质检测含量全面超过药房销售的洁尔阴洗液。还有,在伊宁的北部山区、在皮芽子村的丘陵地带,随便敲凿出一块石头,稍加打磨,就是一方伊犁石。伊犁石又称伊犁软玉,在书画印石界与寿山石、青田石齐名,享誉海内外……所以,上皮芽子村、伊宁、新疆,太需要吴文龙这样的教授和科学家了。摆脱了贫穷困扰的北疆农村,守着沉睡的聚宝盆,急需科技引领下的增收致富,力争早上小康台阶。王玉明说,他还喜欢"翻唱"关牧村的另一首歌曲:"珍贵的灵芝森林里栽,美丽的翡翠深山里埋,假如你要认识我,请到上皮芽子村里来。"

徐智军接过王玉明的话题说,需要上台阶的还有人的思想观念,上皮芽子村一位村民很有感触地对他说,周勇县长和南通援疆干部帮他们换了"脑袋"。以前，以为守着牛羊就是守着财富，就是守着金钱，其实不是，时间也是财富，时间也是金钱。现在腾出手来搞多种经营和科技种植，到处都是黄金。徐智军说，作为村党支部第一书记，看到少数民族兄弟思想观念上的变化，比什么都要高兴。

村第一书记

还记得在肉孜节午宴上唱歌的那位村第一书记王斌吗？新疆农村村级党支部建制中设有第一书记，我是见到了徐智军和王斌以后才知道的。

与王斌一聊，全疆都是这样，自治区党委决定，从县以上党委和政府部门中抽调合适的干部，充实到全区各农村党支部担任第一书记，一任两至三年，这是一项双向受益的事情，既让上级机关的党政干部接了地气，又从政府最基层的"细胞"入手，开始了中国农村基层党组织的规范化建设。这是新疆特色，也是新疆在加强基层政权建设方面的成功探索，这一经验在后来的全国脱贫攻坚和小康建设中，其他不少地区都"克隆"了过来，江苏部分地区的新农村，现在也开始推广和实行这样的体制架构。

我和王斌也就是在那天结为"微友"的，王斌原来在伊犁州卫健委担任办公室主任，他说他是继张华之后的第二任村第一书记。我问第一书记的工作模式，他说可以称为"全天候"。2018年全年，他只回州上的家里休息了8天。一边的村支书刘国旭纠正说，村部日记上记的是7天，因为有一天王斌说好了回城休息，但下午有急事，王斌又赶回村了。所以，村部日记上记的他是正常上班。讲起村情，王斌如数家珍，茶依其温村土地面积11平方公里，1.65万亩，相当于内地的一个乡镇，村内新修的柏油路长22公里272米，巷道21条，每条长度都在700米左右，2178人分属7个民族，少数民族人口占94%……我请王斌介绍介绍"书记一日"的工作内容，他从晚上12点（相当于内地10点）开始，一丝不苟，娓娓道来。晚12点前，梳理完一天工作后，在电脑上列出第二天的工作备忘，睡觉。次日凌晨7点（相当于内地5点）起床，7：30漱洗完毕，打开电脑，确认一天工作安排，对照上级相关活动要求，将工作计划落实到人。早餐后，10点上班，布置任务，开始一天的工作。如同太阳每天都是新的一样，村第一书记每天的工作内容也都不会重复。除了自己必须主持的会议或活动外，王斌一般选择一项活动全程参与。我请他介绍一次有意义的活动和一件难忘的事情，王斌略加思考，讲了下面这件事。

那是一个深秋转初冬的下午，村支部预定召开支委会，王斌是从几里外的一户农家按时赶回来开会的。车到村委会大院，发动机没有熄火，王斌叫孜白热木也开上她的汽车，大家分乘两辆车，换个地点开会。孜白热木的车跟着他的车，在一户人家门前停了下来，这家的男主人不在家。推门一看，大家瞬间明白，天气预报的寒流即将到来，这户人家的围墙、牛栏坍塌了，女主人和家中的老人正在紧张地抢修。不用分工，大家立即找到了各自的位置。傍晚，风来了，雨来了，抢修工作也顺利完成了。风雨中，支部委员们和主人一家手握在一起，洒泪相别。

王斌说，那天会议的议题，本来就是研究如何加强与群众联系，把党和政府对少数民族群众的关心落到实处，落实到每一个需要解决实际问题的家庭，要让他们切实感受到民族大家庭的温暖。王斌在赶回村部开会的路上，正好看到这一情况，于是，临时改变了会议形式，带着村干部，召开了一次效果别具的现场会。

王斌说，张华兼任村第一书记时就告诫大家，我们团结群众也要讲究方法，我们要用"情"，用真情传播真理，群众最终会跟着真理走的。只有团结好群众，得到群众的支持与信任，基层工作才能有效开展。

# 第十二章 胡焕庸线和『一带一路』班列

"儿子"，儿子

笔者在伊犁读到一份根据录音整理的材料，2017年9月6日，当时的江苏省委书记考察检查江苏援疆工作后，与新疆的领导和江苏的援疆干部座谈，讲到当时还处于雏形的伊宁县纺织产业园时，省委书记动情了："今天在伊宁县纺织产业园区，接触了南通援疆工作组组长张华，他是第二轮（援疆）的、第一轮三年结束后留下来的，他的四个大的园区建设思路（打造大平台、发展大产业、推进大就业、实现大稳定），我认为非常好，把新疆的优势、伊犁的优势分析得很到位，再把江苏现有的优势融进去，我相信一定会更加卓有成效。这是科学规划，精准发力，落小落细，所以才扎实有效。"省委书记在另一处又说，"刚才给我们做介绍发言的南通工作组组长张华同志，很有思路，很有干劲，尤为重要的是他特别热爱伊犁这个地方，特别热爱园区建设这项工作，这个园区就像他的亲生儿子一样，所以他愿意继续援疆，奉献青春，我很感动，如果没有这种激情，对事业发自内心的热爱，再怎么干也干不好"。

省委书记45分钟的讲话中，有四处讲到了张华和南通，从讲话语气中看得出来，有不少内容是他现场视察后的即兴感慨，所以，我特意在伊犁调看了根据录音整理的全部文字实录。我后来问张华，省领导讲话中对他把园区当"亲生儿子"一样看待很感动，他在现场的感受如何？张华说，省领导像点穴一样，点中了他心中最柔软的一块，因为他已经有过一个这样的"亲生儿子"。

第一个"亲生儿子"怀胎于2008年，那一年，组织上出于锻炼青年干部的考虑，推荐他作为海门市常乐镇镇长后备人选，在接受组织考察和等待镇人民代表大会选举前，从事过多年教育、秘书工作的张华，先对要去的岗位，做起了上岗前的"备课"。了解常乐镇，总离不开一个人；走进常乐镇，更是处处"见到"这个人。这个人就是张謇。毛泽东主席曾说，"中国近代民族轻工业，不能忘记张謇。"其实，何止是轻工业，中国近代社会各个方面的发展，说来说去，可能都绕不开张謇。实业家、教育家、慈善家、政治家、军事家、水利学家、社会活动家，哪个头衔都可以放到张謇的身上。乡村治理、城市规划、水利建设、沿海开发、教育救国、实业兴国，等等等等，近代中华民族的编年史上，创始人名录中都赫然写着张謇。常乐镇既是张謇出生的衣胞之地，又像是张謇"理想家园"的一座实验沙盘，张謇愿景中的现代社会的诸元构成，都可以在常乐镇找到对应的元素。2008年，新镇长张华走马上任，就与镇党委书记商定了兴镇方略："围绕一个人，打造一个镇"。张謇纪念馆的建造是实施兴镇方略的第一仗，目标既定，张华担任项目组长，等筹建组坐下来召开第一次会议时，组长和组员们傻眼了，老祖宗的实物遗产屈指可数，张华他们只找到一块《张公故里祠堂记》的石碑。石碑立于1936年（民国二十五年），碑文记载，张謇辞世10周年的时候，乡人怀着对先贤的无限怀念和景仰，想立祠纪念，无奈"国家多故，民生厄陨，海门复此岁螟蜮，宏规大起，力惧不克任"，只能暂借关帝庙后厅改作张公祠堂，希望日后有能力、有作为之人"接力"，为张謇设立专祠。这真是应了那两句令人哭笑不得的歌词，"想你时你在眼前，想你时你在天边"。怎么办？先人夙愿，我辈难辞。张华既然担任了筹备组长，就得难事大事冲在前面。白手起家，立项和筹集资金算是重中之重了，张华讲了件立项过程中的往事。在向省里几个相关部门穿梭请示、报告后，他们终于弄清楚了立项批准的主要部门，修改主送机关和呈报日期后，再送。又过了一段时间，张华决定直接去这个厅级部门"闯关"。多次往来，传达室的门卫和办公室值班员对他们都熟悉了，私下告诉他们，如果想见"一把手"，那就得在早晨上班前20分钟到传达室等，领导很辛苦，每天提前15分钟到单位，上班之后，不是内部开会就是外出开会，或者就是出去调研视察，晚上有时在办公室处理公文，未经预约是不能随便打扰的。于是，张华他们第二天提前半小时到达了传达室。果然，预定时间，"一把手"领导出现了，张华迎上去自报家门，说明来意，领导很客气,说看到了这份送审件,张謇我知道,不就是一个状元吗?江苏历史上有很多状元,每个状元都要建一座省级纪念馆吗?张华说张謇是江苏历史上的"特别状元",能不能请领导安排10分钟,让他汇报关于张謇状元的一些非常特别的情况?领导说,今天不行了,马上要去省政府参加会议。张华追上一句,3分钟行不行?领导很爽快,"行!就站这儿讲。"张华开讲了:"我用3分钟讲讲张謇作为教育家的业绩,张謇创办和参与创办了江苏乃至华东地区的不少名牌大学,譬如河海大学、复旦大学、同济大学、南京农业大学、扬州大学、上海海事大学、上海海洋大学、东华大学、南通大学……还有,中国第一所师范学校、中国第一所女子师范学校、中国第一家博物馆……"3分钟没到,这位领导打断了张华的汇报,手机挂通一位主管处的处长,让他上午听取张华一行的专题汇报并报送纪要。很快,张謇纪念馆的立项批复下来了,大家说,是张华的3分钟汇报打动了省里的领导,张华说,是张謇先生不为人知的光辉业绩感动了后来人。

张謇先生的很多不为人知的光辉业绩,的确是在张謇纪念馆的筹建过程中才挖掘出来的。从一方石碑开始,600多个日日夜夜的辛劳,2000多平方米的仿民国建筑,张謇纪念馆成了常乐镇的新地标,纪念馆在两年不到的时间内,征集到了300多件珍贵文物,1000多幅图片资料,全方位、多角度、立体化地再现了张謇波澜壮阔的一生，其中，张謇和孙中山互赠的签名照片，居然在百年之后，奇迹般的在张謇纪念馆"合璧"了，真是令人不可思议，也成了张謇纪念馆的镇馆之宝。

2010年11月18日，纪念馆落成典礼结束，喜庆硝烟渐散，各方来宾离去，张华看着身边都瘦了一圈的筹备组的伙伴们，鼻子一酸，止不住泪流满面，与大家抱在了一起。是啊，太多的艰辛，太多的欣慰，太多的找寻，太多的发现。张华和他的伙伴们成就了很多领域的"第一"，一个乡镇为主体建设的省级纪念馆，年接待人数从10万很快超过20万，随后被评为国家AAAA级旅游景区，国家三级博物馆。

张华在馆藏文物的征集和找寻中，还有着自己的独特发现。近百年来，张謇的研究资料汗牛充栋，但经院式的多，文本研究的多，从书本到书本的多，而张謇留在家乡土地上的脚印，却一直无人拓片；张謇所到之处，不是汗滴，就是泪滴和血滴，但他悲壮的心路历程，却几乎无人问津。张謇曾经撰联："今人能为古人事，述者当知作者心。"张华在筹建张謇纪念馆的同时更加了解和敬佩张謇。张謇纪念馆落成不久，张华的纪实文学《张謇——一个伟大的背影》也诞生了，张华在后记中说："这是一本在夜晚完成的书。一个个长夜，我以朝圣者的姿态，穿越历史的长河，游走于张謇的精神世界，感受一颗睿智心灵的脉动。当所有喧嚣在夜色中沉寂的时候，我心中的波澜开始涌动，跳跃的情感一次次贴近乡贤那永远鲜活的思想。"

　　这一次，张华胸中的波澜，情感的跳跃，的确与先贤张謇贴得很紧很紧，以至于时隔12年之后的今天，张华还在自己的微信视频号上"立说"——亲自出镜，定期推出500集《图说张謇》系列视频节目。从标题就可看出，虽然相隔百年，但海门"二张"的心灵是何等的贴近，《张謇，肯下笨功夫的聪明人》《一个人一座城》《我国最伟大的跨界达人》《张謇先生的超级朋友圈》《"文如其人"的超级样本》《拎着乌纱帽做事》《含泪奔跑的人》……不经意间，几个抽象的标题，似乎就勾勒出了一位伟人的具象人生——这也从一个侧面说明了张华"贴近"张謇的功夫了得。

　　2021年1月6日，我有幸由张华陪同，参观，或者说是瞻仰了这座由乡镇筹建起来的国家三级博物馆。

　　那一天，张华在自己的"杰作"面前，显得有点兴奋，时不时地打断讲解员的解说，阐释他心目中的英雄张謇。

　　2020年11月12日，习总书记专程去了南通博物苑，参观了张謇的生平介绍和业绩展览。总书记指出张謇是中国民营企业家的先贤和楷模。在兴办实业的同时，张謇积极兴办教育和社会公益事业，造福乡梓，帮助群众，影响深远。张华阐释了他对这段话的深刻理解：张謇作为中国民营企业家的"先贤"，这么多年来，我们宣传得比较充分。但是，张謇作为中国民营企业家的"楷模",应该说,我们认识得还远远不够。在2021年7月21日的企业家座谈会上,总书记以张謇为榜样,勉励企业家们主动为国担当,为国分忧,"利于国者爱之,害于国者恶之"。半年之内,两次在重要场合提到同一位中国近现代史上的先贤,张华认为总书记的出发点,远不止是评价张謇仅仅是一位杰出的民营企业家。张华说,"'恶'害于国者,'爱'利于国者!总书记引用《晏子春秋》的警句,首先肯定张謇老人家是一位政治家,是伟大的爱国主义者,张謇的爱国梦,在很大程度上就是百年前的中国梦。当此中华民族奋力复兴的时候,民营企业家应该像张謇先生那样,挺身在前,甘当中流砥柱。"张华认为,从这个角度看,后人对张謇的意义和价值,还远远认识不够,包括他自己,学习张謇,践行张謇精神,还有很远很艰难的路要走。所以,他把自己撰写的张謇传记取名为《张謇——一个伟大的背影》,也就是暗含了这一层意思。某种意义上说,这本书既是参观张謇纪念馆的导读和指南,也是介绍张謇先生和古镇常乐的一张靓丽名片。

所以,常乐人民把张华领衔兴建的张謇纪念馆,看作是张华留在常乐的"儿子"。

所以,当省领导赞扬张华,像对待"亲生儿子"一样对待伊宁县纺织产业园时,张华怎能不百感交集。

张华感叹,生儿子当然有喜、有乐,但更多的是苦、是忧、是愁。就拿伊宁县纺织产业园来说吧，招商谈判最艰苦的一次几乎两天两夜，苦不苦？当然苦了，辛苦得很。老百姓顾全大局按时拆迁了，可我们的配套措施和厂房建设还没有跟上，急啊！急得满嘴血泡，感到对不住人民。苦也苦了，累也累了，进度总算按期完成了，可由于大环境的变化，全部工程都得按下暂停键，作为一地主官，愁不愁？愁死人了！个人得失事小，群众就业事大，经济发展、富民强县事大啊！在伊宁县纺织产业园处于低潮，最需要扶持和领导鼓励的时候，一位行业协会的高层领导来调研，称没有时间听汇报，在园区绕了一圈后，当着张华和园区下属的面，背着手说道："园区建设不是搭积木、不是胡闹，希望你这里不要成为一座空城！"说完，拂袖而去。张华说："我自己当时的感觉像是被人当众打脸，心中五味杂陈，压力山大，心想，终有一天，当园区机器轰鸣的时候，要到北京请他再过来看看，伊宁没有胡闹，伊宁县纺织产业园没有成为空城！"

在疫情后全面复工复产的伊宁县纺织产业园内，张华"嘎嘎"踩着积雪，"平静"地给我讲了这段轶事，而我分明感受到了他内心的那份郁闷与无奈。他说，"尼采有段哲言：'在没有听到音乐的人眼里，跳舞的人都是些疯子！'问题是，我耳边那些澎湃之音，多少人能听到，多少人能听懂？对于创办伊宁县纺织产业园这件大事，我参与了创意和决策，参与了规划、建设、运营的全过程，为了这个梦想，我已经坚守了8年。我知道，哪天成功了，那叫执着。万一失败了，那就叫固执。官大官小不由己，做不做事全在你。我不喜欢捂着乌纱帽做官，却愿意像张謇先生那样拎着乌纱帽做事。在别人可能退缩、犹豫、放弃的时候，我认准了的目标，哪怕含泪奔跑，也要一路播种，奋勇向前！含泪播种的人，终会有含泪的收获的。"张华沉默了一会儿，轻轻叹了口气，继续说道，"知我者谓有心忧；不知我者，谓我何求啊……"

2021年2月25日，全国脱贫攻坚总结表彰大会在北京人民大会堂召开，南通援疆工作组被党中央、国务院评为"全国脱贫攻坚先进集体"，张华作为江苏省援疆干部的唯一代表走进了人民大会堂。那一刻，张华思绪万千，手中沉甸甸的奖牌，凝聚的是十年来南通数百名接力奔跑的援疆干部和当地各民族干部的奉献和心血，是南通市委、市政府和700多万江海儿女的无私援助。张华非常难忘，一次在乡下，他身边的副县长接到幼小的儿子电话："爸爸，你什么时候到我们家来玩啊？"这位副县长当场流泪了，想了想说，忙着"攻坚"，几个月没回家了。张华去一个村调研，村干部请他说服村第一书记尽快去住院，医院已经3次来电，这位书记再不住院治疗，很可能会有生命危险。张华在日记中写道："脱贫是大家共同奋斗的结果。都说援疆干部不容易，可我们援疆有期，当地干部却是终身守护边疆，建设边疆，他们才是真正的、永远的援疆干部啊！"

那一刻，张华忘了那位同在北京，当年在园区视察工作并当众发难的领导，他要赶回去，紧急赶回伊宁，和他的伊宁同事们处理将要到来的大事，"亲生儿子"又逢特大喜事——织造产业园最后两幢厂房等着签约，投资4亿元人民币，拟定4月试运行，6月全面投产。南通援疆工作组副组长张迎春给张华打来了电话。

其实，那一刻，张华还有一个亲生儿子也遇到了重要的人生转折，他的读高三的儿子正在艺术专业的高考之路上冲刺，2月、3月，正是艺考学子南征北战的关键时刻，这个时候，父亲母亲能陪伴在身边，对孩子来说，是最大的支持和鼓舞。但是，张华只能再一次对这位亲生儿子说声"对不起"，还是请妈妈陪吧！

张华对不起这对母子的事真不少，只讲一件，孩子读5年级时，张华踏上了援疆之路，2014年4月，张华援疆的第一个任期，他担任副县长，正从教育入手切入正题。这一天在一所毡房小学听课调研，妻子来电话了，哭着讲不出话来，断断续续听清楚后得知，儿子上体育课时胳膊摔断了，为了保证手术质量，决定不用麻醉接骨，妻子本来打算暂不告诉张华，但在手术室门口，听着儿子撕心裂肺的呼救，妻子实在忍受不了，才含泪打来电话。张华说，那一刻，他才真正体会到什么叫骨肉至亲，什么叫五内俱焚，什么叫鞭长莫及……

写作本文的时候，张华高中毕业的儿子，已经接到一家知名大学的录取通知书，也好，一定程度上讲，儿子上大学了，张华部分"解放"了，这个儿子的事情可以暂时放一放，他可以全身心扑到另一个"亲生儿子"——伊宁县纺织产业园身上了。

兄弟，姐妹（1）

张华急于赶回伊宁，除了织造产业园最后两幢厂房等着洽谈签约外，还有关于整个产业园区进一步发展的大事在等着他。伊宁县纺织产业园包含的家纺服装产业园和织造产业园，在2016年起步后，虽然遭受了新冠疫情等几次不可抗力的干扰，在按期推进方面受到了一些影响，但2020年下半年开始，疫情防控压力刚刚减轻，复工复产，经济复苏的势头十分强劲，这一现象引起了伊犁州党委、州政府的重视，引起了江苏省援疆前方指挥部的重视，也引起了南通市委、市政府的高度重视。各方共同关注和重视的标志之一是，在确定张华领衔第三届南通援疆前方工作组组长，兼任伊宁县委副书记的同时，副组长周勇继续担任副组长，兼任伊宁县委常委、副县长，另外，增派南通市市场监督管理局副局长张迎春担任南通援疆工作组副组长，兼任伊宁县委常委、伊东工业园区管委会主任。一个设区市援疆队伍的负责岗位，同时配备一正两副三位处级干部任职，大概在现有的援疆干部组织序列里，是绝无仅有的了。我曾就这个问题与南通市委组织部副部长张莉做过交谈，张莉说南通没有就干部职数与"左邻右舍"做过比较，上面的要求是一正一副，南通"自我加压"是根据工作需要，根据南通援疆和伊宁县纺织产业园的工作需要。张莉说，南通挑选援疆干部，除了通常应该具有的政治素质和专业能力外，还特别考虑有没有乡镇工作经历和性格作风上的韧劲。要求有过乡镇工作经历好理解，俗话说，"乡镇小世界"。在小世界打拼过的人，什么样的"大世界"都是可以应付一阵的。为什么要有性格和作风上的"韧性"呢？张部长说，援疆是一个特殊的岗位，西部地区工作，不可预测的因素太多，超乎一般人的想象，没有超强的心理承受能力，没有坚韧不拔的进取精神，是较难完成工作任务的。南通市委常委、组织部部长封春晴有个生动的比喻，组织部和派出的援疆干部的关系，就像风筝和线匣一样，组织部对援疆干部要时时关心，时时减压，时时助力。每年春节，援疆干部回来休假的时候，部里工作再忙，几位部长都要挤出时间，和大家座谈一番，互通信息，协调来年工作。张莉还特别强调，南通援疆的"后援"是一个团结有力的整体，发改委、卫健委、教育局首当其冲，财政局、住建局、人社局、文旅局、水利局等市委、市政府的众多职能部门一呼百应。为了让整个市级机关都知道有个援疆的"风筝工程",甚至,机关事务管理局都开动脑筋,在机关食堂专门开设了一个"新疆馕"窗口。这个窗口是南通援疆工作组副组长周勇患急性胰腺炎休息期间,和机关事务管理局一道策划设立的。每到餐点,机关食堂内飘动的不仅是浓郁的"胡饼"异香,更会牵起大家对边陲战友的缕缕思念之情。现任南通市委书记王晖,工作履历中有着援藏6年的记录,亲身品尝过远赴他乡的孤寂滋味,他叮嘱市委组织部,援疆干部工作上的事情要帮助解决,个人的事、家庭的事,也要尽可能关心到实处。他举了个例子,因为时差,援藏6年后,他经常夜间失眠,别人通过锻炼、中药调节大多缓解了,他只有靠西药才有点效用,而且,是一种不是主治失眠的西药。所以,张莉套用一句流行语介绍南通援疆,叫"应管尽管,应做尽做"。2021年春节刚刚过去的时候,南通市又根据疫情对经济发展的影响,对援疆工作、特别是纺织产业的转型升级,做出了力度较大的调整。张华在北京参加全国脱贫攻坚表彰大会的时候,副组长张迎春两次从伊宁来电,他从南通带回了如东县加快产业援疆的喜讯。

如东县推进纺织产业援疆的实招,常务副县长许金标概括了两个主题词,鼓励和倒逼,或者准确表述为由"鼓励"变成了"倒逼"。"鼓励"好理解,转发文件、会议号召、介绍典型、政策优惠……都是我们熟悉的行之有效的鼓励方式。"倒逼"呢？许县长说，倒逼就是要采取刚性措施了。譬如，我们为什么得出了同样是生产一米坯布，伊宁的成本比如东要低22%，就是因为如东县的土地成本、用工成本、电力成本、资源成本、税收成本等等，综合起来，高出伊宁22%。还有，如东原来是棉花种植大县、纺织工业大县，纺织企业有1100多家，为什么1100多家纺织企业中只有上百家确立了西迁的意向？没有签的不是不想西迁，而是因为这批企业里中小规模居多，设备老旧、产能偏低，与现在碳达峰、碳中和的要求存在较大差距，所以，税收不达标、排放不过关，管理部门就要拉闸限电，甚至拉闸停电，"倒逼"着设备改造和技术升级，"倒逼"着中小纺织业主"抱团"到西部地区换个"赛道"赚钱。许金标副县长不好意思地修正："说赚钱可能带点铜臭味了，直白了点。但是，不赚钱的发展有什么生命力呢？谈什么可持续呢？从长远来说，发展和赚钱是可以划等号的。当然，对于方兴未艾的如东纺织业来说，可以赚钱的地方很多，如东的企业家考察过越南、缅甸、印度和中亚地区的不少国家，有些地方的条件可能比伊宁还要优越，为什么一定要求纺织企业去伊宁发展？这个问题建议你与如东纺织业企业家协会冒国平会长谈谈，他有自己的深切体会。"

冒国平是第九章介绍的纬纶纺织科技发展有限公司的董

事长，纬纶纺织是江苏润通集团的子公司，冒国平的润通集团，从资产上讲，虽然不是如东纺织业的"老大"，但冒国平凭借业界的资历和信誉，已经连任三届如东县纺织产业协会会长，兼任中国青年乡镇企业家协会副会长，两次被农业部、团中央评为全国优秀乡镇企业家。润通在上海、南京、苏州、南通都有不小的家业，董事长要在各个点上穿梭，与冒国平相约见面几番"擦肩而过"。2021年12月28日，得知他回到如东的时候，我从邻近的如皋赶了过去。当晚10点，我们在如东县城见面，冒国平得知我是从有关冒辟疆研究的一个文化活动赶来时，他显然有点激动，拉着我的手不放，一个劲地说："缘分，缘分！"冒辟疆是如皋冒氏12代传人，冒国平是21代传人，有家谱为证。冒国平说，先祖的光辉业绩之一是为中华的复兴和各民族的振兴而奔走，他现在也在进行着意义一样的努力和奋斗，冒辟疆是蒙古族后裔，冒国平的微信名就是"蒙古人国平"，他说他常年游走奔波在维吾尔族、哈萨克族、蒙古族、回族、汉族等各民族之间。

冒国平今年49岁，正值盛年，意气风发。父亲是改革开放后的第一批乡镇企业家，事业风生水起，有口皆碑。母亲是科班出身的中学语文和地理老师。父亲胸怀宽广、乐善好施的品格，母亲爱诗爱文、爱山爱水的秉性，冒国平都承继了下来。20多年前，如东的纺织业受资源、环境、用工等制约，刚开始下滑的时候，冒国平就瞄上了新疆和新疆棉花，每年秋天他都到新疆参加集市一样的经贸推介活动，并及时向同行提供信息资源，帮助如东和南通同行解决棉花资源问题，后来，为了解决中小企业的困难，索性依靠县纺织业协会的平台，义务做起信息发布、原棉调拨、产品供销和资金调节的业务。"义务"，是指如东纺织业协会成立的近20年时间内，协会从不向会员或会员单位收取会费，所有的支出由冒国平当董事长的会长单位全额承担。冒国平仗义疏财还有更大的手笔。如东县委、县政府做出决定，"鼓励"纺织业西迁伊宁的时候，冒国平以如东县纺织业企业家协会的名义，组织如东的骨干纺织企业包机考察伊宁，往返费用全部由润通集团承担。接着，纬纶纺织在伊宁设备安装调试成功、工人基本到位、准备正式开业的时候，因为疫情，工厂两度停工停产，为了给如东县委、县政府的产业转移做出表率，已经在岗的纬纶员工，"一个也不能少"，全部坚守岗位，企业原想申请援疆资金给予适当补贴，但冒国平说，哪能呢？援疆资金应该用于重大民生项目和社会建设，企业能够承受的困难，还是由我们自己顶着。

  因为有了许金标副县长的提示，我有意就这一话题与冒国平扯了开来。我说如东的纺织产业西迁不是奔着发展、奔着赚钱去的吗？成百万的"倒贴"可不是划算的买卖？冒国平说，君子爱财，取之有道。孤立地从自己的企业来看，这肯定是桩贴本的生意。为了如东纺织产业的发展，我们和伊宁进行了艰难的、拉锯式的谈判，我们之间戏称双方你来我往的谈判为"七剑下天山"，即双方经过了七轮反反复复的谈判。每次反复，都有双方难以接受的梗阻。譬如中间有次洽谈，伊宁方面根据国家高质量发展、可持续的前瞻理念，提出园区引进设备的技术要求，老旧设备不能带入，这等于抬高了进场门槛，而如东方面原先准备先进行中小企业的转移，取得经验后再西迁重点龙头企业。冲突肯定产生了，如东纺织业的企业家们，就是这个时候想另寻宝地的，去了越南、去了缅甸、去了印度考察，考察的结果让人心动，那些地方没有什么"技术门槛"，只要你按订单拿出产品，基本上可以无障碍进入。伊宁的朋友听说了，几乎是在我们准备改弦易辙的前夜，县委书记杨新平、副书记张华、园区指挥部相关负责人组成的代表团来到如东，伊宁朋友的全部行程三天三夜，谈判桌上的时间超过了一天两夜。那是一次令双方都感到非常难忘的谈判，伊宁的朋友难忘，是从没遇到过这样的出差，一半时间赶路，一半时间谈判。那次虽然为客人都安排了房间，但为了赶航班，几乎都只是歪倒在床上打了个盹儿。如东纺织界的同仁难忘，因为接下来有了那次润通集团包机组团对伊宁的回访。

这趟包机的乘客我见到了三位，许金标副县长、冒国平董事长，还有县企业家协会秘书长顾培华。三个人都讲到了同一件事情，大致还原如下：华东地区从伊宁返航的航班，基本都要经停乌鲁木齐地窝堡机场。地窝堡机场就像"地窝堡"这个名字一样，成地窝状凹陷在乌鲁木齐西北部的三面群山中，而且，机场的海拔比市区还低了260.5米，喇叭口、盆地状、三面山、逆温层，这些都是形成强气流的有利条件，如果再遇上恶劣天气，飞机在地窝堡降落，就无异于尖刀上跳舞了。冒国平他们那天"中彩"了，事先毫无征兆，就在大家安静地等待平安降落的时候，飞机晃了两晃，突然大幅度垂直掉了下去，落差足有1000多米。机舱里瞬间呈现出一片世纪末日的景象，所有人经历了一次心脏和身体的分离，大脑混沌一片，女同志发出绝望的尖叫，大家死死抱住邻座的乘客，一位没系好安全带的老兄，一下子窜到了机舱顶上，头顶到了行李架才又掉落下来。更让人后怕的是，经停地窝堡机场短暂休息，许金标县长从行李架内的双肩包取水杯加水时发现，周围有很好保护层的茶杯，已在骤然降落产生的压力下，碎成一撮粉碎状的玻璃碴子……机场小憩，许金标望着惊魂未定的同伴，给每人点了一碗面条压惊，祝福大家"好人平安，长命（面）百岁"！吃面的时候，许县长悄悄与冒国平说，这样的险遇，我们难得碰到一次，咱们的援疆干部每年总有多次往返，他们的生命是随时都握在自己的手心里啊，说不准什么时候，手一松就丢掉了！讲到这一段的时候，冒国平向我反问："周老师，援疆的兄弟姐妹，可以说把生与死都置之度外了，我们企业在过得去的时候，好意思在援疆经费中分一杯羹吗？母亲与我交流时，常说的一句话是人是要有一点精神、一点情怀的。那么，什么才是我们这一代人需要具备的精神和情怀呢？"

讲起母亲，冒国平眼睛亮了。冒国平的母亲是"老三届"中学毕业生，恢复高考时，作为两个孩子的母亲，她考取了扬州师院中文系，显然，没有一点"精神"和"情怀"，是很难走完这段曲折的求学之路的。昌国平说他的母亲是位援疆坚定的支持者，每次踏上新疆的旅程，他都会想起两人之间那次没有一句话、一个字交流的长篇"母子书"。有一年，作为如东纺织业协会的会长，昌国平照例要去乌鲁木齐参加当年新疆棉花的供货会，母亲一声不吭地帮他收拾行囊。到了住地，他从行李箱取内衣洗澡时，夹层里落下一片剪报，内容是关于新疆的形势，母亲知道儿子有出差在外每天洗澡换内衣的习惯，所以将剪报夹在最上面一套的内衣中，提醒儿子时刻注意自己的生命安全。古有孟郊"慈母手中线，游子身上衣"的名诗《游子吟》，今天的这帧剪报，不正是 21 世纪此地无声胜有声，此处无"字"胜万言的长篇《母子书》吗？

在如东采访，笔者还听到两段让人动容的发自内心的感慨。

许金标副县长介绍如东的"倒逼"机制时说,"倒逼"是我们自己逼自己,没有任何外加的因素,是我们自己在发展过程中认识到,只有"倒逼"自己,才能跃上新的台阶。譬如,社会正常运行,如东纺织业要转移,去新疆地区和去越南、印度都可以赚钱,甚至,境外的准入门槛低,还可以少投入、多产出,赚得更多一点。但是,一遇到新冠疫情这类不可抗的因素,优劣高下,立马显现。跨境出去的企业,停工了,停产了,人回不来,货卖不掉,所在国家的当地管理部门,"泥菩萨过河——自身难保",干脆甩手不管,国内虽有防控能力,但鞭长莫及,爱莫能助。所以,疫情来袭的时候,先期投资伊宁的纺织企业都得到了援疆资金的担保,受到了帮助解除后顾之忧的慰问,尽管这种"担保"我们不会轻易享受,但是一种"中华民族大家庭"的温暖,让我们深深感受到了。两相比较,我们一下子领悟到了"民族命运共同体"这个理念的真正内涵,对什么是"人类命运共同体"的理解,感到了从未有过的豁然开朗。在世界经济受疫情影响,处于动荡不定,前途莫测的时候,中国东部拥挤的棉纺织企业,是向充满潜力的中国西部转移,还是向存在变数的境外转移?我们该怎样发力,我们该在什么地方发力?还用得着"外力"来倒逼吗?

说实话,对如东县的采访,是本文基本完成以后的"打补丁"式采访,没有料到中国东部一位处级干部不经意的一番解析，从一颗棋子的角度，说清了国家甚至是世界级的一盘大棋的奥妙。许金标率直里透着睿智，笃实里见出精明，看似不苟言笑，其实外冷内热。他很坦诚地给我列数，即使伊宁县从产业升级和科学发展等方面考虑，提高了投资门槛，但是，标准厂房免租金、坯布外运补贴1000元/吨、电费每度0.35元（南通电价0.80元/度）……这些实实在在的优惠，让同样的织造产品生产，在伊宁比在如东的利润实打实高出了20％以上。这是一般人都能算得清的经济账，伊宁人为什么自己不赚呢？许金标说，他曾经就此话题与伊宁县县长阿地力·买买提"交流"，认认真真问了三个字："为什么？"阿地力·买买提县长也是位实诚的维吾尔族汉子，坦坦荡荡地回答了四个字："为了稳定！"阿地力·买买提说："你们来了，我们的农牧民就有活儿干了。有活儿干，也就有钱花。有活儿干，有钱花，社会就稳定了。这是我们的头等大事，我们必须全力以赴。所以，七次谈判，从杨新平书记开始，与这项工作相关的七位常委，全都来过如东了，一项项对接，一项项落实，直到谈好谈实为止。"朴朴实实的一段简单推理，让许金标心动了，许金标说，同样是县长岗位的工作，阿地力·买买提他们的责任和难度比我们大多了，譬如社会稳定问题，我们不需要太多考虑，他们却需要耗费极大的精力，所以，我们没有理由不把援疆工作做好……

许金标副县长那天上午 9:30 要陪同国家粮食部门的巡查组下乡，我们是 8:30 开始交谈的，讲完这番话的时候，9:15，许金标起身与我告辞，他紧紧握住我的手，接着上面的话题："这是兄弟家的事情。兄弟！"眼窝里闪动着晶莹的泪花。

许金标，1976 年生，46 岁的江海汉子。

兄弟、姐妹（2）

伊宁县纺织产业园区，在中国"摸着石头过河"的改革开放年代，放在南方、放在沿海开放地区比较，从体量、规模、产出等方面来说，似乎拎不出什么特别之处，但放在中国改革开放背景下的边疆少数民族地区，放在世界瞩目的形势错综复杂的伊犁地区，其意义和分量，显然就另当别论。

20 世纪 80 年代以来，中国绝大部分县级以上的政府职能部门，特别是东部沿海地区，基本上都趁着改革开放的东风，成立有各类开发区、高新区、产业园、科技园……这些园区得改革开放风气之先，享各项扶持开发政策之利，可以在科研领域大胆创新，可以在经济发展中独立潮头。但在西部边疆省份，相对来说，这类园区要少得多，形成影响、形成气候的更是凤毛麟角。伊宁县纺织产业园区，虽是由伊宁县委、县政府和"南通援疆"相关部门联手创办，但作为一个县级产业园区，创办6年来取得的成绩和意义已经不可估量，单说伊宁纺织产业园和江苏如东的牵手，一个东部县市上百家纺织企业向西部地区的整体转移，标志了中国东西部地区携手发展的资源共享、优势互补，标志了东部发达地区传统产业的整体转移和升级，更标志了西部农牧业社会向现代工业社会变迁跃升的历史性转变。

伊宁县纺织产业园值得我们从更高层面和更大意义上给予认识。

几经联系，2021年2月17日下午，笔者在南京拜访了江苏省对口支援伊犁州前方指挥部党委书记、总指挥、伊犁州党委副书记朱斌。那一天是大年初六，还在春节长假期间，算不上正式采访，是一次礼节性的拜会和讨教。朱斌的履历既简单又复杂，求学读书，读到苏州大学法学博士毕业；工作实践，从乡镇司法干部开始，拾级登高。本人满腹经纶，世事通透，短短两三小时的交流，笔者有如听了一场令人眼界大开的漫谈新疆的专题讲座。

朱斌说，他个人的认知世界里，特别是来到伊犁两年以后，对"援疆"的"援"字有自己的理解。咱们不是都喜欢唱"五十六个兄弟姐妹是一家"吗，自家兄弟走动，谈什么支援不支援呢？就像这几天春节，亲戚互访，朋友走动，拎点礼品，涵义上怎能与"支援"画等号？新疆的历史，原本就是各民族共同创造的历史。千万别把"新疆"理解为新

（辟）的疆土的意思，现在的新疆地区，古代一直称作西域。乾隆时期，西部边境战事频发，疆土丢失收回，收回又被割让，反反复复，最终取得最后胜利的时候，喜欢"签名盖章"的乾隆皇帝一高兴，说"故土新归"，以后西域地区就叫新疆吧，就这样，有着3000多年历史的西域地区，在200多年前改名为新疆，1884年才正式命名为新疆省。历史记载，为了边疆的稳定，我国历朝历代都动足了脑筋。西汉时期，皇室宗亲就甘为人先，受遣加入祖国"西部开发与建设"的行列。当年江都王（今扬州）刘建的女儿细君公主、楚王（今徐州）刘戊的孙女解忧公主，先后远嫁到今天伊犁河流域的乌孙王国，与部落首领昆莫和军须靡结亲，谱写了中华民族历史上汉族和少数民族"携手共建"的佳话。二位公主西嫁，带去的是一支庞大的"和亲使团"，有陪侍的使女，更有军事、牧业、农业、医疗、建筑、艺术等各个方面的武士、工匠和专业人员，要说"援疆"，这恐怕是有文字记载以来江苏以及汉民族最早的"援疆干部"了。

  朱斌介绍的两位汉族最早的"援疆干部"的感人史实，在伊宁可以参观和瞻仰。伊宁市江苏路旁坐落的汉家公主纪念馆，以大量的史料展陈，记述了2000多年前两位江淮姑娘大义安邦的惊艳故事。二位公主的西嫁，其意义远不止西域和亲的简单和世俗，某种程度上讲，她们不仅带去了东部地区发达的科学、技术、文化，促进了边疆的稳定和发展，还开启了"凿通丝路"的尝试，架构了亚欧大陆东西文化与经济交融的雏形。汉家皇室细君公主的出使西域，早于昭君出塞60年，早于文成公主出使西藏400多年，足见今天的新疆地区，在中华民族历史版图上的重要地位。数千年来，为了新疆的安宁，文治武统，一张一弛，西域大地上狼烟与祥云交替飘曳，仅屯垦戍边，从汉代开始，就有"回屯"（维吾尔族、回族为主的移民）、"兵屯"（一边守卫边疆、一边垦荒种地）、"旗屯"（皇家子弟"八旗屯田"）。旗屯是清朝乾隆时期较具影响的屯垦戍边事件，它与一代名将左宗棠抬棺进疆，收复失地一样，在近代中国边疆治理历史上，是值得记载的闪光一页。

在这样一个广阔的历史背景下，我们再来讨论建设伊宁县纺织产业园的意义，是不是更加有了豁然一亮的感觉？

学者任泽平注意到了近年来中国人口迁徙出现的新动向，"孔雀东南飞"正在演变为"回流西北热"。改革开放前30年，东部沿海的莘莘学子纷纷到国外寻求发展，西部青年则成群结队奔向东南沿海打工。现在，应了那句古话，"30年河东，30年河西"。留洋的"海归"了，东奔的"西回"了。西部地区的有为青年，赚足了腰包，带回了技术，有的还引来了产业，回乡创业。社会学认为，人随产业走，人往高处走；产业集聚，会急速推进城市化的进程；任泽平文章中"人往高处走"的"高处"，在东西方有不同的理解和不同的表现形式，对于西方世界，高处通常表现为大城市或大都市圈，在中国，现阶段"高处"的特征则是城镇化或城市化的集聚。一个新兴产业的兴起，一个龙头企业的带动，一般都会引领一座城镇的崛起和新生，或者是推进原有城镇的繁盛和扩大。伊宁县纺织产业园区作为县级工业园区，一期规划为十万员工，百亿元产值。经过六年奋斗，伊宁县纺织产业园已经越来越接近句号的终端了。园区牵涉到多少户家庭？这些家庭的兴起，将对周边的生活消费、娱乐消费、商业消费、教育消费、出行消费……提出怎样的要求并带来怎样的变化？随着园区的良性运行和发展，祖国西部的地理版图和城镇序列将发生什么样的改变？

在这样一个广阔的背景下，我们再来理解朱斌总指挥对援疆的"援"字的特别理解，更增添了几分心领神会的钦敬。

朱斌说，正是依据以上的认识，从时间和空间交汇的历史节点上观照，南通创办和发展伊宁县纺织产业园，江苏援疆新思路的形成和加快推进，在中国的西部大开发战略中，将愈来愈凸显其举足轻重的开创性意义。

我们知道，区域之间的贫富悬殊，一直是掣肘中国发展的难题，这不仅关乎我们实现各民族共同富裕的承诺，更影响着中国作为大国复兴的实际进程。近百年来，胡焕庸线就一直标志着中国区域发展的阴晴。

农耕时代，胡焕庸线是一条东南和西北之间几乎完全隔绝，难以逾越的界线，富裕二字，对于胡焕庸线以西地区的人们，只能"梦"中相遇。如若借助今天的卫星遥测，星空下的胡焕庸线以西地区，地面阴影一片，地面上的灯光，多不过天上的星光。

工业时代，胡焕庸线以西地区的能源，为国家工业化和现代化做出了很大贡献。西电东输，西气东输，西部是电和气输送的起点，在"输送"的过程中，胡焕庸线以西地区，也缓慢地踏上了脱贫致富之路。说缓慢，有一个数据可以证实，胡焕庸线以西地区人口居住的增长，1982年第三次人口普查时占比5.6%，2020年第七次普查时占比6.5%，其间，2010年第六次人口普查时占比6.1%。38年的时间，人口居住增长比例由5.6%至6.1%，再至6.5%，足见胡焕庸线以西地区小步走上了脱贫和奔小康的征程。

能源时代和新能源时代的到来，为西部开发和西部腾飞提供了难得的历史机遇。根据比较精确的勘测，我国80%的风能、90%的太阳能，都在胡焕庸线以西，"十四五"规划纲要中，拟建的9座大型清洁能源基地，有7座在胡焕庸线以西。西部能源如果不仅仅是输送，而是就地转化，转化为新型工业产能，这样的工业产业园区，就是人类科学发展需要的低碳产业园，甚至可以成为零碳产业园。这种能源利用和工业生产的"自循环"或"复合循环"的模式，和传统工业园区相比，不可同日而语。有这样一个数据，以苏州工业园区为代表的我国各级各类工业产业园，将企业和产业积聚到一定空间，在40年的改革开放中，大致为中国的GDP发展创造了30％的份额，但能源消耗占全国的66％。从这个角度看问题，工业园区虽然促进了地区生产要素的积聚和发展，但能源的消耗均为长距离运输，同样推高了能源成本和浪费性消耗。

因此，在清洁能源和现代工业产能基础上，基本上以"自循环"或"复合循环"模式运转的伊宁县纺织产业园，实际上成了西部地区大开发的模本，成了东部地区工业循环与转场的福地，有着越发持久的超强生命力。

因此，江苏援疆以此拓开新的思路，加大了产业提升的力度和速度。朱斌总指挥介绍，江苏在那拉提生态保护区边缘地带，参照无锡太湖拈花湾小镇的格局，打造了一座维吾尔民族风情的国际级那拉提小镇。小镇定位自然风光优美，民族和边疆特色鲜明，生活功能配套完善，建成之后，将会成为新疆、中国和世界旅游的新的打卡地，和伊宁县纺织产业园一样，再给新疆人民留下一处"带不走"的江苏印记。本来，我们约定，杏花四月，我将和申泰岳一道，去看快速扩建中的伊宁县纺织产业园，去看已经初显雏形的那拉提小镇，也为本书的最后定稿再增加一些新的内容。可惜，因为疫情影响，原定的伊犁之行，只能改为线上对话。

尾声

2020年12月11日，星期五，我在积雪覆盖下的伊宁，享受到了规格隆重的、"中华民族大家庭"中的"兄弟姐妹"待遇。

这次来伊犁前，朋友聚会时，我讲到了即将成行的伊犁之行，讲到了张华和歌曲《和你在一起》，在场的著名书法家、中国书法家协会原副主席言恭达先生动容了，说南通援疆他知道，南通方面曾经请他为一所援建学校写过校名，我试探着问道，校名是否是"伊宁县南通实验学校"？恭达先生的太太邵金茵也在场，点头说是。邵老师说这件事她记得，一是她很向往新疆、向往伊犁。二是来人介绍南通教师在伊宁培养了第一个考取北大的学生，还有为新疆孩子捐书的事也让人感动。所以，邵老师记住了这件事。没想到，不日后，邵老师给我电话，"恭达给那位援疆的书记写了幅字，你方便时来取一下"。言恭达老师的书法作品是隶书条幅，"和你在一起"，也就是在展开条幅的瞬间，我脑海中闪过一个念头，本书的书名有了：《和你在一起》。我把这个想法告诉一直陪我采访的徐新，宣传部部长徐新竖起两个大拇指点赞，说那要搞个仪式。于是，有了雪地上赠送言恭达老师书法作品的那幅照片。照片的背景是皑皑白雪中热气腾腾的伊宁县纺织产业园，身着多民族服装的园区员工和张华一起接受了这份珍贵的礼品。张华说，这是赠给崛起中的伊宁县纺织产业园的，是赠给全体援疆干部的，是赠给并肩战斗、朝夕相处的伊宁同事的，是赠给可亲可爱的新疆各族群众的。

　　拍完照片，张华悄悄告诉我，今天是星期五，杨新平书记说今晚要请你吃饭。张华笑着转告，杨书记特地要他讲清楚，是让我坐在他右手边的那种规格的吃饭。

　　杨新平果然是位有情有义之人，这餐饭等了两年，终于等来了，说明他还一直记着，没有忘记。

　　晚上，踩着积雪，张华把我送到附近一处普通住宅小区的三楼。服务员介绍，这是县政府阿副县长的住宅，阿县长是哈萨克族人。许是听到楼梯有人上楼的声音，爬到三楼，门已经开了，杨新平书记捧着盛水的脸盆站在门口，阿县长拿着干毛巾连喊："欢迎，欢迎！"杨书记先对我悄声指导，"双手沾三次水，不要甩，再用毛巾擦干"。然后，他又大声解释："这是哈萨克族迎接客人的礼仪，如同云南白族同胞的三道茶、西藏藏族同胞的三杯酒一样。主人亲自到门口迎接，更是欢迎客人的最高礼节！"

　　进屋，宽衣，落座。阿县长家宽敞的大厅内饰，是草原上的帐篷风格。蓝天、白云、窗帏，远处的背景是羊栅栏，屁股下面是垫子和羊毛地毯，让你一在炕桌前盘腿坐下，就油然感受到一种置身草原的享受。杨书记致词，说除了帐篷的氛围是"借景"以外，这是一席真正的"哈餐"，阿县长是哈萨克族，他们家今天有三件喜事。每年的宰牲节，阿县长都按民族习俗，请大家聚一次，刚刚过去的宰牲节那天，大家凑不到一块，所以推迟到今天。还有，国庆时，阿县长的女儿悄悄领证结婚了，欠叔叔伯伯们一杯喜酒。再就是我们的江苏客人两次来伊宁看望援疆干部、看望张华，我和阿县长一直要请他吃一次饭，用南通话说，今天"撞喜"了。今天是周五，除了值班常委外，请大家一道来"同喜、同喜"！

本以为杨书记开场词之后，接着是通行的程序"干杯"，不料，杨书记向各位欠欠身，招呼大家吃起炕桌上的水果、油茶和各式各样的油炸食品。杨新平介绍，哈萨克族非常注重礼仪，他们的餐食一定要上热的，有一定热度。草原上水少，食品加热蒸煮不便，就从油锅里过一下。所以，桌上的馕、甜角和其他点心，哪怕是预先备好的，上桌前都经过了现炸。宰牲节大餐的标志性开场是马肠的亮相，马肠粗粗壮壮，热气腾腾，紫白色，由马肉中的肥膘和碎肉灌成，主人用餐刀当场分切给各位来宾，标志着大餐正式开始。杨新平一边为大家切分马肠，一边向我普及哈餐常识。马肠虽肥不腻，富含不饱和脂肪酸，喝酒前吃几片，等于在胃壁上涂了一层保护的黏膜，再怎么喝酒都不会伤胃了。这样，水果、茶点，再加上马肠，喝酒前有这样的"垫底"，酒量会比平时蹿升几成的。杨新平说，这也说明了"哈餐"的科学。再如进门三次沾水洗手，这在哈萨克族生活习俗中，是祖宗留下的规矩，哪怕在缺水的草原帐篷，进门前也是这样。一方面，这是礼仪，更重要的，是卫生习惯。这可比我们汉族前卫多了。杨书记还向我"科普"，哈萨克族的宰牲节又称古尔邦节、冬宰节。"冬宰"最直白明了，哈萨克族大多居住在高寒山区，严冬季节是不便在帐篷外、室外长时间活动的，因此，在进入严冬之前，一次性把越冬需要的马牛羊肉储备好，因为高寒，空气清新，宰好的马牛羊肉直接挂着风干就行了，不需腌制，不需熏腊。所以，冬宰节就是邀集亲朋好友的一次大聚餐，吃最新鲜的肉，喝最好的酒，特别喜庆，特别热闹。分切好马肠，热菜也差不多上齐了，真的是马牛羊肉齐全，琳琅满目，异香扑鼻。杨书记说今天不按哈萨克族的提酒规矩来了，他先提酒，三件喜事，三个话题，他提三杯酒，然后依座次轮流下去。

那天是周末，又是在阿县长家里，阿县长讲了个哈萨克人喝酒的段子。两个哈萨克朋友在帐篷喝酒，一人半只煮熟的羊挂在身后，一边喝酒，一边用小刀在背后削肉，喝到天亮，两人背后的半只羊都剩下剔得光光的骨架。我们那天没有喝到天亮，但结束得肯定很晚很晚，因为事后只记住了两件事，其他几乎全部忘了。

酒喝得正酣时，杨新平为了调节一下气氛，提议请出女主人，大家一道向女主人敬杯酒。哈萨克族民俗中，女主人一般是最后阶段才出来敬大家酒的，这次先请女主人出来了。大家敬酒的同时，杨新平对女同志的"杨式"赞语脱口而出:"嫂子气色怎么越来越好了,比上次见到年轻多了!"许是在座的各位都熟悉了杨新平的套路,女主人一离开餐厅,大家就哈哈大笑起来。杨新平不笑,他一本正经地应道:"大家不要笑啊,我这是真心话,嫂子身体不太好,家里的水果、蔬菜,阿县长供应得可认真了。咱这一点赞,马上会增加两盘蔬菜。"果然,少顷,真的上来了两盘蔬菜。大家又是一阵哄笑。

另一件事发生在饭局的半程过后,张华可能因为累了,也可能是不胜酒力,悄悄躺到地毯的一角,并很快发出轻微的鼾声。杨新平对我说,张华喝酒不行,听说刚来的那一天喝了点葡萄酒就躺下了,这些年长进不大。但这个人干事行,这一阵子忙得都快趴下来了,伊宁县纺织产业园区升格为伊犁(江苏)纺织园区的工作,已经走完了审批流程。

写作本文的时候,接到两条讯息:

第一条讯息是,伊宁县纺织产业园同时挂牌伊犁(江苏)纺织服装产业园、江苏援疆(南通)产业园,这意味着南通的市级援疆项目已经升格为江苏省的省级援疆项目。

第二条讯息是,2021年6月28日,"两霍两伊"一体化发展伊宁县千亿级纺织产业园正式启动,伊宁轻纺产业区第四批招商引资项目集中开工。时任伊犁州党委书记、"两霍两伊"一体化发展领导小组组长邱树华参加了开工仪式。州党委副书记、江苏省对口支援伊犁州前方指挥部党委书记、总指挥朱斌致辞，伊宁县纺织产业园将成为伊犁州继霍尔果斯口岸、清水河工业园区之后，第三个州直千亿级产业园区。

园区将锁定千亿规模，实现链式发展。

园区规划总面积已调整至20平方公里，依托全球最大的家纺产业集散地——江苏南通国际家纺产业园，实现东西协作，同步发展。目前已启动107万平方米标准厂房建设，其中建成投入生产的已达45万平方米，在建62万平方米。

全面建成之后，这里将成为：

伊犁州最大的就业基地。

新疆地区最大的产业援疆基地。

全国最大的家纺坯布生产基地。

中国纺织工业联合会业已正式命名，新疆伊宁县纺织产业园区为"全国纺织产业转移试点园区"；中华人民共和国商务部考核后认定，伊宁县纺织产业园区为"国家外贸转型升级基地"。

顺理成章，这里也必将会成为新疆之"最"、全国之"最"，甚至全球之"最"的纺织高地。

2020年7月初稿

2022年1月二稿

2022年5月三稿